# 远逝的梵·高

# Disappeared Vincent Van Gogh

## ——徐忠平西欧五国艺术游记

徐忠平／著

金城出版社
GOLD WALL PRESS

# 序言

2006年夏，应德国爱伦沙堡久久画廊的邀请，前去举办我的个人画展。画展的规模很小，举办得很轻松。因为我带过去的都是一些小品，并没有在西方走红走运的念想，我应邀前往的真正目的是借此机会，由二女儿做我的向导（二女儿徐博在法国留学回乡，刚好毕业，法语、英语都很好），可以了却我多年藏在心头的宿愿，去梵·高生前生活作画的地方看看，让我心中一直敬仰的人与我在此会面……

大约在20多年前，也就是1984年，我在上海的一家书店买到了梵·高写给弟弟的书信《亲爱的提奥》，从此梵·高便成为我心中的神，这本书便成为我朝圣艺术的圣经。其实，这个神早在一百年前就出现了。他像一道深海中的波浪一样，逐渐地涌到了我们中国人的眼前。当年不知振奋了多少热爱艺术的信徒们，也不知有多少人因为热爱梵·高而成为了高尚而幸福的人。现在梵·高已在人们心中渐渐淡去，人们对新涌上来的各种艺术潮流弄得不知所措。而对于我，梵·高这个人掀起的波浪却永远在心中涌动，并且愈来愈澎湃起来……

常常在静夜中读一段梵·高的书信，便像擦试一层心头的污垢一样，现在有谁还像看圣经一样看待艺术，有谁还保持一颗单纯、善良为人类祈福的心来作画？每每站在梵·高的一幅素描面前，我便随着他不由自主地游向一个广大无边深不见底的心海……

在人类精神海洋的深处，梵·高还将会涌起层层波浪，让人们重新注视他，被他感动，被他振奋，与他一起来拥抱美与善。

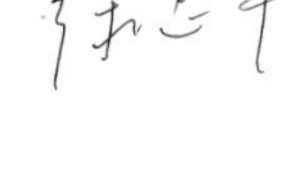

探寻西欧艺术的旅程

# 雷米尔精神病院

在德国爱伦沙堡久久画廊做了个简单而轻松的画展后，便与女儿登上了去法国的列车（所有的行程都预先安排好，所以购票、住宿等都是每到一地，便可方便住下），在巴黎几乎没有停留，便乘火车赶往梵·高住过的雷米尔精神病院所在的小镇。

从巴黎坐火车，大约两小时，便到了梵·高住过的雷米尔精神病院所在的小镇。到这里的时候，已经七月中旬，巴黎南部的气候也是和北京差不多的热，我与女儿沿着有路牌指示的方向，向精神病院走去。一路上，不断能见到印刷着梵·高作品的路牌，告诉人们这幅画画的是这里。与一百年前相比，景色变化很大，但还是从一些主要特征上能够感受得到梵·高画中的样子。但是，如果换了别的画家来画这些地方，是绝不可能画出像梵·高那样伟大的作品的，这之所以梵·高是梵·高的道理！我们走错了，走在了精神病院后面的围墙边，只有窄窄的一条

去往雷米尔精神病院途中的路牌

去往雷米尔精神病院途中的路牌

小路，整个围墙周围种满了长得很高、开得很艳的鲜花，我想这是献给梵·高的大花环吧。

我的脚步越来越快，呼吸愈来愈急促，心咚咚跳得厉害。雷米尔精神病院是梵·高受到最非人虐待的地方，也是梵·高画得疯狂，产生作品最多的地方。我拜谒梵·高的第一站即是此地，一个让人心酸并让世人引发无限感叹的地方。我愈发激动起来了，等来到正门，进入了精神病院内部时，我却屏住呼吸。庭院内的每一面窗户、每一棵树、每一丛草，都与梵·高画得一模一样，而且似乎每个笔触都显现在上面，但不可不说的是，这个庭院还是充满了压抑的感觉，尤其在二层楼上，有一扇小小的窗户，就像是关押犯人的地方，阴沉、不透气……

慢慢转到了楼上，梵·高住的房间出现了一张只有空架子的床，旁边放着梵·高用过的椅子。我轻轻地一点点地注目着这些，怕弄出声响，吵醒梵·高。我觉得，梵·高还是睡在这张床上，他在寒夜里，饥肠辘辘，癫痫病发作了，浑身打颤，口干舌燥，翻转身子，却无人问津……

我轻轻地在他的椅子上坐了下来，想象着当时我就在他身边，可以喂他一口汤。想到这里，我心如刀绞……

我有了早一点逃出这所病院的念头，就很快与女儿离开了，可梵·高却被关进这个地方三个月甚至更久……

在离开这所病院时，脑子里却异常兴奋，想到梵·高，他经受着的万丈深渊般的痛苦，一层层去皮揭骨的伤痛，梵·高的躯体是钢铁吗？只要他还有一丝要求爱与关怀的念头，回击他的却是如冰雹一般的痛击，那路上的行人是谁，他与她！

青春、健康，无求无怨地漫步在往来熙攘中，梵·高挟裹在其中，多么刺眼，多么令人厌恶，疲备而散乱的红发，不合体态破旧的衣着，肩上扛着快要散架的画具，默默的一步步走向五平方米四壁空空的阁楼，他在阁楼过道上的小窗口要过二片黑黑的面包和一碗淡淡的菜汤，他要含着泪喝下去，然后点起昏暗的小灯，铺上笔纸，永无休止地在向人们诉说他心中巨大的悲哀与绝望。

渐渐街上的行人少了起来，人们都一双双，一对对，手拉着手回到各自温馨的家中……人们不去理会一个看似疯子一样的人在做着人类有史以来最最让人感动的事情。

有谁像梵·高的命运这样受到如此残酷的伤害，又有谁还能怀着无尽无休的对人类的仁慈，拥有着有如基督一样的善举！神啊！你既然眷顾了梵·高的艺术，为何又如此残忍地伤害他的脆弱而高尚的心！

梵·高的书信不是写给他弟弟提奥的，他是写给整个人类的，写给那些有着善知和有爱心的人的，我读他的书信像在游向一个广大无边、深不见底的善良的心海。

《市政厅》 梵·高

坐在梵·高当年画《星夜》的地方，不禁随口吟道：你是谁，在人群中常常与我擦肩而过，当我知道了你的身世，更令人心痛如碎……一片漆黑的夜，漫天有星星闪烁，很淡很幽蓝的那一颗，是我最牵挂的一颗……

梵·高的一切一切，他那对人类至深至爱的虔诚，他那无可比拟的善良、仁慈，他的伟大的心胸与超人的艺术创造力，哪里是人们十年、二十年、几十年就可以消化、品受得完的，恰恰梵·高不是可以像过去的潮流人物那样让他渐远渐去，而是要重新开始，发现他那如海洋般广阔与深邃的思想与感人至深的行踪……

## 阿尔的吊桥

从精神病院出来，马上上了去阿尔的汽车，汽车上只有我与女儿两个乘客，一路山路蜿蜒，许多山头与梵·高画过的速写很相似，所以觉得又陌生又熟悉，

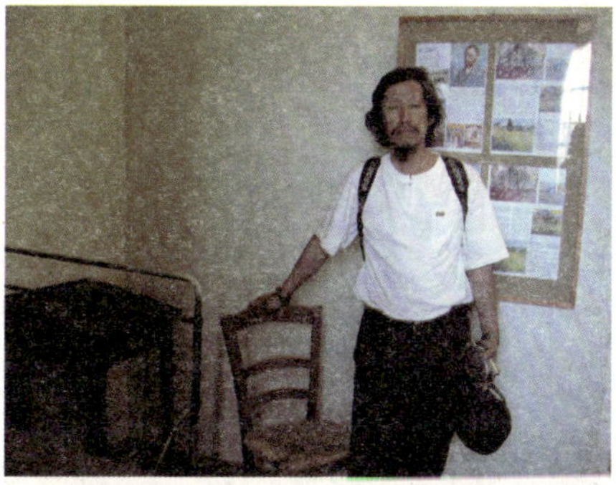

梵·高的床和椅子

《阿尔的吊桥》 梵·高

阿尔的吊桥

又觉得心中怅然若失……

很快，到了阿尔，找到梵·高在阿尔住的房子附近，反复打听，才知道，那所黄房子因为影响这一带的扩建，早已扒掉了，心中很是失望。坐在咖啡馆外等着二女儿的同学开车从马赛过来见她。马赛就是法国的最南部了，想起大仲马《基督山伯爵》中描绘马赛的情景，真想去看一看。一会，女儿的同学开车赶到，一个热情、大方的法国姑娘，她们很快就热烈地聊开了，我也乐得多看看周围的景致。我们一路向小城内走去，许多地方都很像梵·高画的咖啡馆，而且许多的黄房子都与梵·高住过的他画面中的黄房子极其相似，似乎这里的每一幢黄房子都倍觉亲切起来。二女儿告诉我，她同学知道梵·高画过的吊桥在十多里外，可以带我们去。我高兴极了，一路驱车，我心中只有吊桥的念头，连路上是什么景色都没有留意去看。十多分钟后，便到了梵·高画的吊桥边，这里人很少很少，吊桥已经变成了一堆废弃物，早已不使用了。经过了一百年，木桥的所有颜色都变黑了，夏日的风寂寞地刮过，吊桥下还静静的流着水，草丛中倒映着影子，心空寂得很，

荷兰乡村小景

荷兰乡村小景

失落加上怀念，心中如五味瓶一样，看着在空中高高吊起的孤零零的桥架，想到梵·高就是把自己高高地吊在了生命的十字架上，受尽了苦难与伤害，却不抱怨一句话，他不就是救世的基督？我似乎看到吊桥上有红红的血流淌下来，一直流淌在河水里，使整个河水变一片血红色，血红色……我的头眩晕了……

我们的往返都在汽车中，而梵·高当时每天要往返几十里路，他背上还背着一个沉沉的画箱……

## 印象派聚集地，梵·高最后自杀的小屋，麦田、教堂与墓地

在中学教书时，曾经与我学画的李华同学，现在是巴黎卢浮宫的艺术导游，他得知我此行最重要的目的就是要多看看梵·高生前住过画过的地方，就安排了他的法国妻子，索菲女士开车接我与二女儿去了梵·高生前最后住的地方——奥弗尔小镇。距离巴黎只有二百里路，当年印象派大师们发现外光后常常聚集于此，进行风景写生。我们到了之后先看了一个有关印象派画家起源与兴盛之后的一个

梵·高自杀前的住所

有实景、布景组合的展览，然后步行了不到二百米到达了一条大河边，坐在草地上吃午餐。索菲准备了丰盛的午餐，一边吃着奶酪、面包，一边欣赏着周围远远近近都在吃午餐的法国人，真好像是当年雷诺阿笔下画作的场景再现，不过已经过去一百年了，像印象派这样对着外光作画的人一个也没有见到。

吃过午餐，索菲说不用开车就可走到梵·高生前最后住的小屋。我在想，早知道这样，就先看完再吃午餐了。很快我们就走到了，还要排队，一批批地进去，我急不可待地看着周围的一切，发现了梵·高生前画的最灿烂的一幅大花园的所在地，还有沿山而上的一幅精彩的画所在地……该我们进去看了，我不管不顾地不听讲解员的解说径直来到梵·高住的小阁楼，这是一个小酒馆的后面背着阳光的一个小阁楼，房间只有四五平方米大，头顶有一扇小天窗，屋内已空空如也，但因为确实是梵·高住的并死于此的小屋，心头的“麦田”悲痛纠结还总无法抑制，我用摄像机一点点地拍摄下来，我也同时用心在一点点地记录，伟大的画圣，竟死在这狭小阴暗的空间里，想想现在已经是我们民族引以为豪的大师徐渭死之

梵·高画过的奥维尔教堂

所在小屋不也是一样的吗！我不忍多睹这场景，与索菲继续前行，梵·高画过的教堂出现了，一百年了，教堂下面的分开的小路还是如旧，更惊人的是教堂往前一二百米，就是梵·高画的有乌鸦叫的麦田了，这一片麦田，也正是要成熟时节，有些地方已经收割，我看见几只乌鸦飞起，我口中喃喃说道：这说不准是多年前飞起的乌鸦的第几代了。更让人想不到的是，麦田的右面竟是同埋着梵·高兄弟俩的墓地……

### 墓地

梵·高的墓与他生前一样，被沦落、被排挤，用最最简陋的方式做成一个仅高于地面不到半米的砖台，他与弟弟合在一起。在墓地最北端墙外便是空旷的大地了，如果没有墙，他与弟弟还会被挤到荒草堆里去（我国山水画大师弘仁不就是在荒山的野草堆里无人问津吗？）。再环顾一下周围的墓，全部非常讲究，装饰很多变化，但我的心注目在梵·高的墓上，他的墓越简陋，越让我心爱，我真想去吻梵·高的衣襟，沾着油画颜色的衣襟。

梵·高画过的麦田

梵·高兄弟的墓地

在基弗尔的作品前

已经走开很远，我在路边采了朵小花，跑回去，放在了梵·高的墓上。从墓地出来后，又依次经过麦田、教堂，永别一样地多多看几眼……我们开错了方向，向来的相反方向开去，汽车开进愈来愈空旷无人的田野，不知何故，觉得胸中憋闷，空气稀薄了起来，待车停下，才发觉来到了梵·高的大场景中很开阔，有天空与远处的地平线连在一起的田野，啊！这可怕的宁静。可怕的孤寂，一个人影也没有，只有梵·高曾经在这里，把人类巨大的孤独与开阔，用他的笔描述出来了……

## 柏林，由基弗尔想到的

前不久，在王府井书店买到一本梵·高的素描大画册，里面有几幅素描让我惊叹不已，尤其是其中一幅描绘荒凉的田野的一幅，原作画幅肯定不大（因为梵·高没有画过超过一米以上的素描），但却让你感觉场面空大得很，他用最最朴实笨拙的手法画出了深刻辽阔的天空与荒野，完完全全超越了技术与才能！而让我不禁又脱口而出的是，梵·高催生了当代伟大的基弗尔（德国现代大师），想起

《沼泽》 钢笔素描　梵 · 高

1996年的德国之行，离开爱沙伦堡我办个展的小城市，在柏林国家现代艺术博物馆，见到基弗尔的两件巨作深深被震撼，现代艺术大师可以用巨幅，可以用许多现代材料来达到视觉上的震撼，可梵·高只用小小的素描就已经达到了同样的目的，让基弗尔与我们一起赞叹梵·高吧！

对柏林的印象很淡很淡。

好像基弗尔的两件大作充满了整个柏林……

## 普罗旺斯——塞尚的画室

从巴黎坐火车到塞尚的故乡普罗旺斯大约有两个多小时的路程，一到普罗旺斯，便找到接待站，要按顺序才能坐上去塞尚故居的车。接待站的各处都张贴了巨幅的塞尚仿品宣传。原来，当地正举行着一次大型的塞尚作品回顾展，我在此时此处，见到印刷塞尚的几幅挂品之后，与后来在周围的感受全然不同，似乎普

塞尚的画室内景

塞尚的故居

塞尚的画室内景

罗旺斯的空气已经进入到这些印刷品中去，也似乎这印刷品也沾上了此地的全新的空气。

下午四点多才坐上开往塞尚故居的汽车，汽车在小镇上蜿蜒行驶，处处都让你莫名的激动，许多古老的建筑闪现，法国南部的花，黄白、暖色的气氛让内心温润。

塞尚的故居在一处僻静的有着斜坡的地方，三层小楼，由外面深褐色的围墙包住，进屋拾级而上，二层即是塞尚的画室，全然不是想象的那样，只是很平常，很平常的样子，我不禁感叹，画室的宽大豪华与否与你的作品并不是很要紧的关系，关键在于你的脑袋要与别人不同，细细地观看着，经过了一百年，许多画架、器物、当年塞尚画的静物还在，却由于失去了主人，而显得哀伤、灰暗没有生机，我不禁想到，观看许多大师的故居是最令人惆怅的，你尽可以想象他去世时的模样，如果可能，你若可以与他共进午餐，与他交谈，那么，他身边的一切才具有

法国南部普罗旺斯圣 · 维克多山

生命，才具有观瞻的魅力，于是，这人去楼空的凄凉，这斯人已去的空荡，这空气中仅存下来的似乎很遥远的主人的笑声，都让现在驻足的人们觉得大自然的残酷与无情！院子里有几条向山下林中走去的路，是当年塞尚每天出去作画的必经之路，在一幅挂着塞尚作品路牌的地方一颗横倒的树与画中的一模一样。对照观看，才会发现塞尚的伟大确是超凡之至！

我来瞻仰塞尚的故居是怀着朝圣一位伟大的智者，这位智者是集思想、精神、理性、直觉与巨大的才华整合在一处的画圣，如果没有塞尚，二十世纪的艺术将会缺少传统与现代的中转，他承前启后，开创了现代艺术的道路，他给予后来无数的艺术家永远取之不尽的灵感，我们愈是对艺术了解深一点，便会愈对塞尚的作品着迷多一些……

因为塞尚看似“貌不惊人”的画作在专业领域内，却隐藏着巨大而深远的启

《圣维克多山》 塞尚

发性，公认现代主义潮流中最重要的主体主义及抽象主义，皆是源于塞尚绘画的启迪，所以塞尚被称为二十世纪的“现代艺术之父”、称为二十世纪的达·芬奇，一点也不为过。

著名诗人徐志摩论及塞尚说：“如若在艺术界也有殉道的志士，塞尚当然是一个，如若近代有名的画家中有到死卖不到钱，同时金钱的计算从不掺入他纯艺术的努力的人，塞尚当然是一个，如若在近代画史上有性格孤高，耿介淡泊，完全遗世独立，塞尚当然是一个。”

而且，塞尚对学院、官方的鄙视，也是源自他高贵的个性，“学院、奖金与勋章只是为愚蠢者，滑稽者与流氓而设立”。而且还说到，我相信我能画出卓越的作品，即使我的个人存在没有受到注意。

塞尚回顾大展当天的票早已售完，因为必须赶回巴黎，错过了千载难逢的时机，这个遗憾常常令我惋惜不止……

坐上返回巴黎的火车，远处的圣维克多山时隐时现……

在郁特里罗美术馆

郁特里罗

# 悲凉的歌声——郁特里罗故居

在巴黎打听到郁特里罗的故乡并不远，就在从普罗旺斯回来的第二天赶去了。

郁特里罗是让我最最迷恋的画家，他画的许多巴黎与故乡的城市街景，没有任何所谓个人的发现与思想，他只是感性的画，他不用思考，他不用学习，他天生就是一个具足的天才大师，他一生只做两件事，画画，酗酒。眼睛总也睁不开，动作总是拖拖沓沓，但他只要动笔就像他手中可打开积蓄了千年的酒窖，随手开启哪一瓶酒，都让人迷醉，品味再三，并且好久醉着，醉着，不愿醒过来！

我在他故乡的个人美术馆里见到了他并不太多的原作，但却已足够，其实，哪怕只看上一幅便可以大醉一番了，何况有几十幅呢！展览室的偏厅设有一间录象厅，里面放着当年郁特里罗作画的环境，全是黑白色的，觉得留得住这样的资料，也是巨大的财富，没有老黑白片可看，确实让人觉得历史常常被生硬地截断一样，片子尾部，播放一个女子哀婉、凄凉不已的歌声，我不知道为何，一下子感动的心中泪流不止（这制片人是否是一位女子，是否她与郁特里罗有过恋情，还是只有灵慧的女子才会抚慰这凄苦命运的大师，还是这女子为世界上所有伟大的艺术家致以爱之深情！)。悄然走过来，慢慢行走在街道上，处处都有郁特里罗画过的楼阁、老墙、石板路，耳畔伴随着那悲凉的女子的歌声……

我为这女子的歌声赋予了唱词：

故乡的街道啊

许多房屋已更换了主人

可这棵老树依然是站在那里

可那树下的少年，如今已化为了云烟

这棵老树依然站在那里

当年的孩童都已长大

可那树下的姑娘，已经化为了云烟……

这棵老树还依然站在那里,可树下的咖啡馆,洗衣房与握着画笔伫立的画家已经化为了云烟……

这棵老树还依然站在那里,可树下的郁特里罗,一生只作画与嗜酒的绝世天才已化为了云烟……

郁特里罗作品

郁特里罗作品

# 毕加索、莫奈、罗丹工作室

## 毕加索

毕加索的工作室展出他许多作品，由于看过前面一些大师的地方，毕加索相比之下就对艺术太玩世不恭且画得作做、不深刻了。毕加索应该是艺术界最成功的投机者，他应合了二战之后人们颓废的心态，人们已不再需要精神力度与优雅了，人们要及时行乐，人们要玩世不恭，毕加索迎合了当下人们的空虚与无聊……

## 莫奈

莫奈的故乡，他晚年画睡莲的故乡与我的故乡伊春简直像是一个地方，小城中心有一条大河，桥面上吊挂着一个个鲜花的篮子，才让人知道这里是法国才会有的优雅与浪漫，莫奈住的地方远远看上去就像我的故乡旁边的山林，而莫奈居住的房子与花园、睡莲就像是一座美丽的公园，让人欣悦地享受着大师晚年虽然辛勤却是成功后名利双收的快慰，莫奈比之梵·高、塞尚、郁特里罗就太幸福了，我们也不愿意艺术家都悲惨地一直苦到底！

《男人体》 毕加索

在毕加索美术馆

在莫奈作品《睡莲》前

莫奈后院的睡莲

罗丹的小件雕塑

**罗丹**

不知为什么，除了多年前罗丹作品来上海，他的《大影子》让我激动以外，两次来巴黎看他大量的作品都不再使我感动，这次专门到他的生前工作室看许许多多作品，觉得罗丹才华太大了，或者说他早年太贫穷了，以至于他太注重于社会意义上、美术史意义上的成功，他的作品太夸张，太过于富有表情，而且太讲究基本功，这在法国当时雕塑界靡弱的时期，他的出现有着更大的意义。但比之克若岱尔，就发现罗丹太缺少内在的生命的注目与投入了，艺术作品的深刻与伟大，全在于要关注人与自然的内在命运，而过于注重形式与社会需要就会成为公共雕塑。

## 亚威农

事先知道了在巴黎南部的亚威农举办世界戏剧节，便赶了过去。费了好大劲，才找到在郊区预订好的旅店，却被告知已住满，她答应再帮忙联系另一家。从旅

亚威农古城堡

《亚威农少女》 毕加索

店交涉出来后，女儿气愤且嘲笑的说，还从来没见过这样粗鲁的女接待员，满嘴脏话。这让我想起了毕加索画的《亚威农少女》，怕这粗鲁的接待员不会是妓女之身才如此的吧！

亚威农的街头上到处是人，到处都在表演各种各样的节目、杂耍。如果有兴趣，一整天可以一直看下去，在吃午餐时，远处过来一队人，踏着有节奏的脚步，敲着很好听的乐器。我连忙跑近一看，不禁失声而笑，这些漂亮的姑娘、小伙子手中拿的乐器全都是盘子、水桶、勺子之类，由于

亚威农的少女

经过排练有很好的节奏，竟然美妙得很。

街头上随处可见世界上的名角、气质不凡的女子。

购到了一张晚上去露天剧场的剧票，却在观看时因下雨而淋散了。好在淋散了，退回来六十欧元，不然，那剧中上演的现代剧，倒真让我大失所望！痒痒的赶回住处。

住处的早餐恶劣之极……

倒是路边一家装修很豪华的饭店让我俩美美的吃了一顿……

久久不能忘记的是许许多多近似中世纪的老建筑、老墙、老桥、老河……

《西斯廷圣母》 拉斐尔

《沉睡的维纳斯》 乔尔乔内、提香

# 德国，德累斯顿

去德国的德累斯顿，本心是看望外甥四圆的，却不想在德累斯顿美术博物馆看到了在意大利及全世界都看不到的几件大师的作品。德累斯顿的美术馆很大，几层楼里，展出了许多巨幅大作，场面空大，技巧精湛，可看来看去还就真是像他们推出的镇馆之宝中的四件作品最令人感动，难以忘怀。第一幅是拉斐尔的巨幅原件《西斯廷圣母》，画中的圣母眼睛的描绘让我叫绝不止，那如深池一般的圣母的眼睛，几乎让人把巨幅画面都忘掉，只剩下这充满仁慈，动情，充溢着同情，单纯而圣洁的一汪池水这样的眼神，这样透明又深不可测的眼神。我另外只在巴黎卢浮宫中伦勃朗青年时期的自画像中见到过，只这一瞥便深深难忘……

再一幅是提香与乔尔乔内合作的《沉睡的维纳斯》，整幅画散透着如黄金一般高贵的女体，这般华贵与雍容，让整个展览馆都镀上一层金光，而这一幅裸体的维纳斯也是唯一我见过无法让人产生欲望的女人的美体。当艺术家把心灵注目于更高的要求，让女体变为圣洁的化身，变为让人心生更广博的慈爱时，提香，他这只手中拿着神杖一样的画笔，把这个念头达到了……

德累斯顿街景

在展览馆的最里面，维米尔的《窗前读信的女子》这幅画让我怔住了，与在巴黎奥赛美术馆见到梵·高的《农村的房屋》不同，也是在一个拐角处，梵·高画的农村房屋一下子出现在眼前，我的血液仿佛一下子凝固住了，全身出了一层冷汗，这空前绝后的惊人的色彩，在美术史上第一次出现，之后又无人后续……而维米尔的《读信的女子》以另一种震撼迷倒了我，画幅并不大（只有一米大小）却仿佛在里面上放了一万朵芬芳的花朵，散发出一个女子，一个娴静聪慧的女子内心与身体的奇异的魅力。大师啊！在这时，我真忘记了这是什么画种，中国画、油画或是其它什么技法，写实、写意还是抽象……当大师把这超异的对人生艺术的表现表达出来后，这一切的一切，统统都忘在脑后了。

最后一幅是伦勃朗在人生最得意时搂着新婚妻子高举着酒杯的大画，这幅画从大师的风格与手笔来看，确是超过了馆内的泛泛之作，但可能由于这幅画的情节太过于浮浅了吧，至今无法引起我强烈的共鸣……

美术馆转出来，暮色已经笼罩了这个集中在一处的美术馆与音乐大厦，这古老的建筑沉浸在暮色中，深厚、古雅又壮丽，可以把它比喻为欧洲建筑文化的一大景观。

随之进入音乐厅，演出的是古典的室内乐，整个流出轻松、典雅，拉小提琴的女子艺甚至都没有怎样着意化妆，而台下的观众大都是老人，一派严肃，盛装，看来都是音乐的老欣赏者，老绅士了。

## 意大利

万万没有想到意大利以如此不尊敬不礼貌的方式对待世界各地前去朝拜他们前辈大师的游客们。从威尼斯乘火车去佛罗伦萨，预计是四个小时的路程，火车却可以在没有任何告知的情况下随意走走停停，并且广播里告诉乘客的讲话一概是当地语言，懂英语的人也都一概听不懂，他们的车辆虽然没有我国边远地区的那么脏乱，感觉上却是差不多，车窗外的大地也与德国、法国截然不同。法国、德国的乡村像天然花园一样整齐、绚丽、多彩又干净，而意大利的郊野与我们差不多，飞驰而过的村庄，房屋却大多很破旧，这种性格的国家很是出浪漫的艺术

《窗前读信的女子》 维米尔

家，不然怎么会有世界上独一无二的帕瓦罗蒂出现呢，还有就是像印度这样的国家，据一位前不久去印度的朋友亲口跟我说：印度的脏乱让人不堪忍受，可那里却是不断出圣人的地方，日本人太干净了，太注重细节了，太注重礼仪及琐碎的事情了，所以很少出圣人、大师的。

火车超过了预计的时间四个多小时，到佛罗伦萨已是夜里十一点多，出了车站，根本就没有人接站，班车或出租车之类也没有，在沮丧中抬眼望去，四周尽是中世纪的古老建筑，在夜色下尤其显得古老苍桑，太有味道了，无怪人家这么牛，不受欢迎的心情很快就被伟大的历史遗址平衡了。

佛罗伦萨乌菲齐美术馆拥有全意大利最精美的有关文艺复兴时期巨匠原作，也就是说是全世界最集中、最让我们神往的美术馆。排了几乎一整天的队，才从漫长的队伍中渐渐移步到了入口处，还好，排队时并不寂寞，可以尽情四面环顾巨大的雕塑与繁复无比、壮阔无比的建筑，前排后尾还有许多有如经典名画中的女子让你慢慢品咂……

进到馆内后，情绪开始渐渐激昂起来，无法记数有多少间展室，多少幅精绝

乌菲齐美术馆门前的雕塑

之作，两个小时后，眼睛已经装不进去什么了，精美绝伦的佳作已经让你这个人整个地饱和了，再也装不下一点点了。与徐博赶紧出来，在馆外找个大平台躺了下来，脑子里只有一个信号，伟大的文艺复兴是人类几个世纪精神之文化的汇集点，是无数个巨人的组合，演唱了这么壮丽的诗篇！

## 佛罗伦萨

去佛罗伦萨正好赶上星期天，排队到晚上七点钟可以免费进了，藏有米开朗基罗的大卫及其它作品的学院美术馆。

进馆后不远处分二排矗立了米开朗基罗的大约几座男人体巨型雕塑，大多是近于没雕完的半成品感觉，但我们决不会对此感到不完整，恰恰如此，才更延伸了更多的想象，这几组人体似乎像一团气，走进去，好像什么都消失了，退开来，又什么都展现出来，我反反复复走近退开，被这团气迷恋，更确切地说被这宏大

俯拍佛罗伦萨

而震撼人的大匠之作醉倒了，这是穿越时空的杰作，是不受任何时代，潮流变化而受影响的杰作，米开朗基罗赋予人这些宏大的男人体，以更广阔无垠的丰富内容，命运、意志、屈从、挣扎、涌动，我们可以在这些人体上感受到全人类的“人”最丰富的内容！罗丹为什么能成为大师，因为他有这么好的可以为之借鉴的颠峰大作可以效仿，米开朗基罗确实把人体做到了颠峰，所以罗丹的人体相比之下，怎么看都像一个小学生似的……

而《大卫》就在展厅内的不远处矗立，走近须仰视才看得清楚，才可发现所有局部的精微不可思议，退远看，整体的凝聚浑然一体又绝不因局部处处精彩而有一丝气的分散。真乃人神共合之作也！

馆内不允许拍照，我与许多看客却无法遵守要求，偷偷拍了不少，一直到看管员把我的相机拿到她手里，放进一个塑料袋，把口封死，并微笑着还给我，才让我无法继续激动下去，我一直抱怨着我的特征太强，那么多拍照的人，这个女管理员都不在意，一直追踪着我干吗？

## 罗马

到了罗马，方才后悔此行设计的路线是不对的，想想从德国、荷兰、比利时、法国，最后一站才到意大利。把最想看的放在最后，可现在到了最后，才发觉体力、精力已经大大不够了，而真正要看的另外几个国家的总和也不及罗马一个城市多！

按照罗马城市介绍上看，就是住上一个月，也似乎看不完古代留下的遗迹，只好选择了斗兽场及附近来转，重点是要看西斯庭教堂的天顶壁画及圣彼得大教堂。

我对斗兽场没什么好感，只觉得有太沉重的血腥气味。

现在罗马人把这里展示给世人来看，是要让人们警醒不再让奴隶制复出呢，还是让人们赞叹罗马人当年的武力与残暴的体能呢？或者说，这就是客观的一座杀人魔窟，让人们感到惊悚、颤抖呢？那斗兽场外围最高的石墙可以说高耸入云，从建筑历史上说，令人可惊叹的是人可以有如此的数学神算加之无数奴隶搬山移海的能量。总之，石头的重量感与心头一样沉重，无法让心情畅快起来。

圣保罗大教堂雕塑

圣保罗大教堂青铜华盖

最最让我感叹不已的是进入到圣彼得大教堂内部之后看到的壮丽景象，整个教堂内部宽大，壮丽、精湛，似乎无法相信这是人力所为，是不是有天神相助，有天堂的神人相助才可以建成如此精绝，可以说是建筑史上的绝笔！

反正时间充足，我反反复复在各角落转过来转过去，仿佛每个方位都有看不完、看不全、看不深入的奇思佳构，它与中国诗人写的《阿房宫赋》，味道全然不同，中国人在建筑上追求的是奇巧结构，与自然、地形做到与之合谐，并求其韵味。

而西方的建筑令我们知道了，西方人注重精密，计算、逻辑、科学、物质上的绝对化。

大教堂里众多的人物雕塑也太迷人了，如果有时间、有精力再观看上几天或几年，都不会令人生厌的。这是集中了多少大手笔睿智者劳动的结晶啊！

**壁画**

终于饱了眼福，看到了米开朗基罗、拉斐尔的在画册上熟知的壁画的原作了，在小教堂里霍然出现，心中还来不及惊喜，便被米开朗基罗的巨作震撼的目瞪口呆了，此时，才知道

威尼斯美院陈列馆作品

《女预言家安娜》 伦勃朗

“巨匠”的真正含义，米开朗基罗似乎能呼风唤雨，移山造海。不，他能呼出艺术之神的千军万马，他能唤来创造之神的万千。

置身于天顶与墙面的浩大场景中，觉得有雷霆万钧之气象，全部人类的才华集中他一身之感叹！

真是神人也……

可如果真正了解了米开朗基罗，他也有如我们一样的情思与生活磨难，有烦恼、孤独与狂喜……

## 威尼斯

威尼斯在其外观上充满了梦幻般的浪漫，城市在水中，游艇在城市中穿行，阳光、鲜花、美丽的姑娘……

在威尼斯美术学院陈列馆见到了几幅难于忘怀的乔尔乔内大师的原作，其画面上的女子面庞，结构与我在法国南部的车厢里见到了一位女士一模一样，可由此得知，在西方人眼里，他们在绘画中寻求的经典人物也是从生活中最有迷人气质的人中发现而作的。

有几幅巨大的画作，大约在四五米大小，近观，技法松动，有些笨拙，但退远看去，却韵味无穷，在西方早期的油画中，这几幅画带着很强的原生绘画的味道。这种绘画的感觉，在米勒、梵·高的许多作品中可以感觉到。西方绘画有一个强

威尼斯小景

大的流向，就是走向技术的精湛，许多作品觉得少了点什么，典型的比如安格尔。

而让我感到又精湛无比，又无可挑剔的是去荷兰见到的一批伦勃朗的作品，其中有一幅一个老太太看着一卷打开的大书，那描绘的精辟，令人称赞不已，却又蒙着一层淡淡的朴素气息，非大师巨匠不能达此境界耳！

## 附记：三个女子

两个月的旅行，见到西方的美丽动人的女人无数，但真正留下深刻印象、并不断引起美好回忆与暇想的却只有三位女子。

### 第一位女子

在荷兰，二女儿的同学开车把我们从阿姆斯特丹接到她的家中（她家离梵·高

派对上

生前画过的海牙很近，也是我要去的地方之一），当晚是她的生日，来的客人中有一位是荷兰最高阶层的外交官，已经退休，他现在最大的快乐是两件事，一个是开着他私家的游船出海，一个是每天喝得醉醺醺的。他把心爱的小女儿也带来了，见到她小女儿，我不禁吃了一惊，简直就是当年索非亚·罗兰的化身，因为我对世界著名影星索非亚·罗兰太熟悉了，不仅看过她拍的许多影片，喜欢她的气质与风采，更重要的是许多年前买过她写的一本书《女人与美》，里面大量介绍了她的生活、性格、为人等等，让人佩服又欣赏不已的人格魅力。

而外交官的这个小女儿，高挑的大个，苗条而又极韵致，肤色白晰，洋溢着只有子女才散发的青春气息，抬手投足、言谈儒雅大方，一看就知道受过很好的教育与影响！在晚宴上，她与女友合唱了一首歌，我全部录下来了，如果放进某个电影片子，绝会是个精彩的片断。

外交官的女儿让我想起麦蒂奇的一句诗：……请温和而有同情心的少女作我的伴侣，让她的纯洁的容貌和谦顺言辞使我安静……

外交官的小女儿

## 第二位女子

我与二女儿赶早一些的火车去法国南部的亚威依，那里正在举办世界戏剧节。巧得很，坐在我座位旁边的是一位让人一下子把眼神与心境放在最感动状态的女子，她或者已经结婚，或者临近结婚，这并不重要，重要是她有着与少女全然不同的气质与风韵，美丽且成熟，娴静且多情。

我由此而想到了沈复《浮生六记》中写他的“芸儿”，芸儿是典型的中国式男人都心仪喜欢的女子，聪惠、贤淑且有诗文才具，极善解人意，又极恪守妇人之道。她会在我病时，俯身给我按摩；在我高兴时，与我同舞蹈之；在我发怒时，流下温柔的雨水马上浇灭。啊，仁慈的女人，温柔的化身。

她的面庞骨胳与形态，这些在威尼斯学院美术画作、乔尔乔内经典画作中见到了，如出自一个模特儿一样……

她一路上，经常俯身在与她同行的另一位女人放在小摇篮里的女婴孩亲昵，同时，婉委地与那女子对话，她的丰腴、温柔与美丽，几乎就是一幅古典的作品现在眼前！

火车上的女子

她一路上没有倦怠，我一路上时时感受她的仁慈！

**第三个女子**

第三个让我怦然心动的是在威尼斯广场上迎面且很快擦肩而过的一位东方女子，她大概是日本人，因为骨胳与化妆都是日本人才有的样子，她已经四十开外，一眼望去便在人群中鹤然突出，中等且健美成熟的体态，白晰的脸庞透出一股不可言说的高贵气质，但决不盛气凌人，反而高贵的气质中有很明显的悲天悯人的仁慈，我没有来得及拍下她的样子，只好把十年前在日本飞机场拍到的一个跟她很近似的女子放在书中，让读者感受一下这样的女子在我国是绝少仅存的。我接触过中国高官贵戚的女子，她们给我的印象只是很阔绰，似乎一切都见过，一切都满不在乎的纨绔气派。

是不是伟大的艺术家的灵感都与最仁慈温柔的女性有关？但我想至少在这个世界上女人是最最让人心仪的艺术品，是神赐给人类的最神奇的赞扬，并且伟大而迷人的女性又是高于艺术的，她可以慰藉你的心，你的冷冰的身休，你的久久干渴枯燥的心灵。

第三个女子

# 后记

*一个人即使走遍了世界，最后只能回到他的内心。——题记*

现在，有条件在世界各地游走的人太多了，人生来便有这种要求，想睁眼多看看世界各地的奇妙与丰富，但在他走遍许许多多地方时，他一定会停下来，停在一个与他心心相印，水乳交融的地方，这时，他内心全部的热情开始沸腾，开始安顿，开始重新工作，这就是他内心的需要——他最终热爱的土地！

很害怕写游记，尤其是写成仅仅记录风物地貌似的游记，沈复写《浮生六记》应该说让人心弦久久为之感动的是写她的贤妻芸儿，芸儿与他心心相印共同生活了二十多年，同时也自然地把江南的温润、精致、儒雅的环境表达的天衣无缝……而在后二记中追忆他做幕僚时，在各地的精彩的描绘山川、物貌时却让人读不下去，因为他仅仅为记录美丽的风物而已，其实，如果抽掉了具体的很令人感动的生活，尤其是让人感动不已的看似平常却才华横溢，把内心与生活装点得丰富异常的某一个人，他，或她。更不消说如果当我们来到肖邦的故乡，或者波德莱尔的故居，必会感到不可名状的有一股强烈的气场，让你同时喜欢上周围的一切。反之，人们走过太多美丽的地方，却都因为那里没有一个能够让你感动的人，而渐渐把那地方忘掉了甚至走过之后不到几天便化为淡云一样飘远了……

一个城市，一个民族往往都是给了他的最可敬爱的人足够的伤害，而后发现了这个人，在怀着羞怯与惭愧中重新来塑这个人的铜像，并开始向世人宣称自己这个民族，这个城市的骄傲。

可是，我们无论去向哪个国家、城市，要拜祭的几乎都是死去的伟大的人，怎么见到当世的伟大的人物呢！有种种不方便，或者说这个伟大的人物正在受着这个城市的迫害呢？悲哉，你愈是热爱你的祖国，你的人民，你就愈会受到他的伤害……

广袤无边的虚荣心啊，它让多少人不断挤身于人类最最热闹的场所：体育盛会、音乐会、大型舞剧、大师作品展览……随后向人们来炫耀……而你听说过梵·高参加过什么大型的晚宴吗？他被谁请去当过坐上的贵客！可是他却是成为无数追随圣洁的人的心上最高贵的宾客！

当年两次去日本的经历，有许多场景也历历在目，非常想写下来，但比之更为广阔的西欧之行，就显得是大作与小品画的区别了。

梵·高、塞尚、郁特里罗……他们都在遥远的空中注目着我们，让我们从他们居住的房屋带走他们的爱与天空。

而我今天返回到了故里，可心中已把故乡的天空与梵·高、塞尚的天空融在一处，变得壮丽，变得深远……

徐忠平

初稿于二〇〇六年秋

完稿于二〇一一年春

**图书在版编目（CIP）数据**

远逝的梵·高/徐忠平著.—北京：金城出版社，2011.7

ISBN 978-7-5155-0001-0

Ⅰ.①远… Ⅱ.①徐… Ⅲ.①游记－中国－当代 Ⅳ.①I267.4

中国版本图书馆CIP数据核字（2011）第125854号



# 远逝的梵·高

作　　者　徐忠平

责任编辑　雷燕青

开　　本　720毫米×960毫米　1/16

印　　张　14.375

字　　数　200千字

版　　次　2011年8月第1版　2011年8月第1次印刷

印　　刷　北京蓝迪彩色印务有限公司

书　　号　ISBN 978-7-5155-0001-0

定　　价　48.00元

出版发行　**金城出版社**北京市朝阳区和平街11区37号楼　邮编：100013

发 行 部　（010）84254364

编 辑 部　（010）84250838

总 编 室　（010）64228516

网　　址　http://www.jccb.com.cn

电子邮箱　jinchengchuban@163.com

法律顾问　陈鹰律师事务所（010）64970501

# 缠绕自己

## Worring me！ Worring me！

——徐忠平艺术生活手札

徐忠平／著

金城出版社
GOLD WALL PRESS

# 目录

# 引言：吟魂

*挣扎、沉沦、上升都来自灵魂里自觉而自愿的力！——题记*

人是否有灵魂？是否人人都有灵魂？灵魂与心，与思想，与情感，与思考，与行为之间是什么样的维系？我是否是个有灵魂又有着高尚灵魂的人？我欣赏那如有深渊般的灵魂，里面有无数的珍珠在熠熠发光；我厌恶那卑劣的灵魂，像马粪纸一样的轻薄又发出难闻的气味。是否那些有着光荣业绩的人是由强大而圣洁的灵魂的力量激荡而造就？是否那卑劣者的行径是由于灵魂的空洞和污秽所生成？

我的灵魂是洁净还是卑污，我应该吟唱还是鞭笞自己的灵魂？

灵与肉相搏击，相较量，相交伴，走过了几十个春夏秋冬，翻阅着几十个春夏秋冬所记述下的灵与肉相缠绕的日日夜夜，真是百感交集，一言难尽！这其中无法道尽的苦楚，这其中千转百回的曲折，这其中数不清的挣扎，这其中难于分辨的迷雾，这其中白白空耗的日日夜夜……

几十年的苦苦追寻，反反复复的沉沦与上升，终至不肯放下，不肯舍弃，渐积渐进，渐进渐累，在这人生的中年，肉体虽已羸弱不堪，而自觉灵魂终也像承载着大吨量的机体，经过漫长的滑行，渐渐离开地面，开始向高处上升。

几十个春夏秋冬，我像一个要去远方的行者，虽然在艺术与生命的前方设立了高远的目标，却总是因为灵魂没有得到充分的完善几经走出又返回，我不愿在胸前挂满成功的勋章，而在后背露出人格的重大缺憾！为了感知这更高的要求，我需要继续磨砺敏锐而高尚的灵魂！为了探寻艺术之深渊，需要由灵魂那自觉又自愿的力来激荡！为此，我仍闭门深深内省，一而再，再而三，不厌其烦地检讨我的灵魂是否打造得结实与洁净，清查我的起念动因是否还卑顽丑俗，然后与之相角斗，相搏击，自己缠绕自己，缠缠绕绕，一阵清醒，一阵眩晕，时至今日，我的艺术之旅，似乎还没有真正上路呢……

今天有了这情致、这激动，写下这篇敢于吟唱自己灵魂的文字，是因为重新

北河写生归来

见到一幅画于十年前的《冬天里的荒草堤岸》的油画，这幅画面里的阳光照耀在荒草、白雪上，今天重又注目竟令我炫目，令我暗暗激情澎湃，这白雪与荒草用了大量梵·高喜欢的柠檬黄，荒草发出温馨的旋动，随风卷起，空气显得凛冽而清凉，似乎充满了喜悦与渴望，涌向天空，涌向太阳……

我回忆起了当时作画时的意念："告别孤独，告别忧郁，把忧郁的美，忧郁的灿烂画出来，让明亮的阳光充满神灵般的崇高，让这充满神灵的天庭之光永远照亮在心头。"

这之后多少个如漆黑之夜般的忧伤的心，一再被这束来自天庭的光照亮，这束光有如神杖，在我一次次跌倒在孤寂的荒草中时把我扶起，支撑起我失重的心重新站立。我感激这束来自天上的神光，感激我向着这束光而坚韧的愈来愈充满着"爱、美与善的今天为之吟唱的灵魂……"

可是，当你放下第一位的精神追求，去寻求一些技法上的完美语，写上也成觉得你的技法反而很笨拙，不自然，不过硬。

——可以说，许多都是油画画家，为了寻求技法，也得到了技法但他们永远是平庸的画家。

他站在山峰上说话，为什么再顾虑不到俗世中誉誉呢

痛苦太过[illegible]了，反而画不出好的作品。

痛苦必须与你拉开距离，又不能完全消失，才是最好的状态。画家的痛苦必须是溶合在更为广大的忧伤与悲苦中，而在生活中，他（她）可能在物质上、精神上都富足的。

我看这还一半真理，在灵性上他（她）也必须是富足的才行；

信仰上帝基督，可以使我们更有坚定的信念，可以净化我们，就可以更使我们爱人类、爱自己；但真正解决自身心灵问题呢，我一时

7

在平常意思中，[illegible]我永远都是平山第八、

# 萦绕于身的乐章——自然·沉静

“大堤上的草这几天更枯黄了，连一点血色也没有了，像我的身体一般的憔悴，但我没有感到它是死去了，反而觉得它的生命仍在地下吸呼着、蕴藏着，它永远生生不息……”

# 致敬伟大的梵·高

1989年10月19日晨

梵·高其最伟大之处，在于他的灵魂的纯净，思想的无比丰富，他要在他呼吸的世界里表达他的灵魂的优美、深刻！

梵·高自画像

昨天，从建桥君那里取回了我的书《亲爱的提奥》，刚刚从头翻看几页，便被梵·高早年便具有的对艺术热情、对人生的见解、对大自然中的感受而惊奇不已。（而过去，在看此书时，就很木然！）——我激动得马上骑车去街上买了这个本子，在这个本子里所记下来的，就是我献给伟大的梵·高的了！

今年，我37周岁，梵·高已自杀身死的同一年，才刚刚认识梵·高，而梵·高的遗传、后天的环境、他的天分、他的伟大的意志与深刻的思想，使他挤入世界上最伟大的画家的前列！

而我，仅仅是要进行无尽的心灵的忏悔……

近几年，要做的事情，就是在书法与绘画之间的低谷，慢慢地重新认识世界，认识自我，感受人生，感受自然！

梵·高的生命虽然短暂，可他把时间浓缩在艺术里，还是达到了长寿者的成就，而且还超过了无数的艺术长寿者！

大师德拉克洛瓦说：只有感觉的细腻性，才能使人看到别人所不能看到的东西。梵·高的表现手法，从外观上看是粗放、激动而不拘小节的，但由于他内心情感的无比细腻，他内心里有着种种说不完的高尚优美的思想，有着对自然的极其亲切透彻的观察，他的作品完成了包括他最顽强的意志在内令我们后人迷醉的乐曲……

人类的继续繁衍，使艺术的长河也流之不断。尽管我们生活在江河的下流，也从内在的意志上顽强地要达到前代大师的地位，只有如此，才能彻底体验艺术的精神劳动全过程——种下一粒好种子，精心地浇水、耕作，到金色的秋天，收获一颗丰满的果实。

可这并不是我们的目的呀，我们是为了让世界更善良、更平等地充满轻松幸福的歌声——可见，我们这样的人多几个少几个都没什么大用的，因为这之前的伟大的大师其中的一位，若是能为所有怀有不良的人接受的话，世界就不是这么充满不幸了。可见，我们的努力还是悄悄地洁身自好罢！

因此，我们的努力近几年是不会受到人们的爱慕了，可能死之前都不会了，下一辈的我们这样的人也不会了，再下一辈可能会的，那我们也会为这遥远的理想而辛勤地干一辈子的……

德拉克洛瓦说：一幅画的价值的形成，要看一个人为了深入到灵魂深处而对色彩和线条增加了些什么。线条、色彩，就其准确的意义来说，仅仅是一种毛坯。梵·高其最伟大之处，在于他的灵魂的纯净，思想的无比的丰富，他要在他呼吸的世界里表达他的灵魂的优美、深刻！

荒草堤岸　布面油画　53cm×83cm　1990 年

我天真地想象梵·高这样的艺术家应该是个形体上的巨人，像一座楼房那样高大，走在街上，让人们不得不仰视他——而相反，他的形象比普通人还不如，引不起普通的人们对他的理解与崇爱！

我看到了，每一个大师的作品里的内在构成（包括情感、修养、见识）都有他前一代甚或几代前大师的影响，如果不是经过美术评论家的指出，我们很难一下子从毕加索的作品里看出库尔贝对他的影响，而一经说出，马上令我们感到他与库尔贝是那样的相似（内在的许多东西）。

那么，伟大的梵·高不也是从米勒等大师身上取益了许多许多吗？

而我的近期，都是强烈地喜欢原始质朴的表现方式，我愿意在这里面再倾注生命的热情与修养……

我觉得，绘画要从这里出发，而不是从美术学院训练技术后再找到主题后出发……

这样，是要吃漫长的试验苦头的。

但它是非常令人内心愉悦的开始，因为我们就是从一个婴儿开始长大的，在绘画上从婴儿开始，就更好……

当然，由于无数人类光辉的文化的果实像无数颗灿烂般的星星，照耀在头顶，

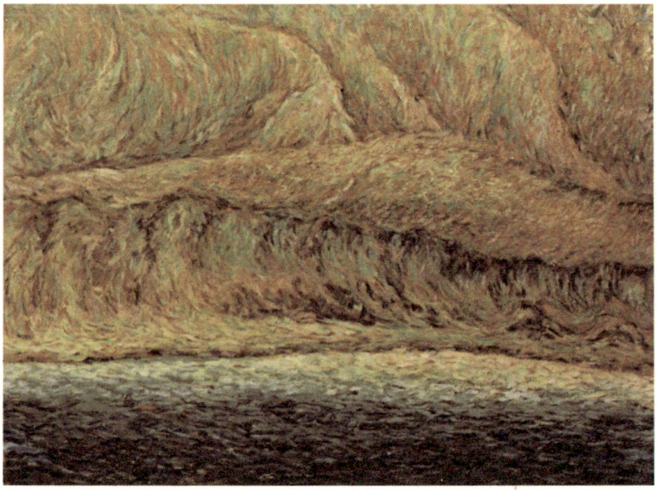

初春　布面油画　50cm×60cm　1989 年

常常令眼睛眩晕，就像这几天我沉浸在巨人们的书籍中，一本书没读几页，便又被另一本所吸引了，眼前像阿里巴巴进了那个山洞中一样，眼前的珠宝令他目不暇接，一个小小的口袋，也不知先装进什么是好，而且还以至于想象自己也变成其中的一颗——这是愚蠢的。我们的心灵应该在天上，可我们的绘画都要在生存的泥土里一寸寸地发芽……

身体渐渐地恢复过来，内心里又产生了微微的活力，便又拿起画具，走向北山——我想，我此生在身体上是冲不破那像自然的河水一样漫流的堤坝了，而只能像自来水一样，按照需求节制地开闭，不能饮酒、不能睡得晚，是一个真正男人不能忍受的痛苦，但我却要必须忍受住，把身体保护好，没有这样的承受力，对于我，就像手指承受不住石块的打击一样。

——如此能严格地保护好身体，也就保护了我的艺术生活、我的作品，让那些真正的男人嘲笑我去吧。

大堤上的草这几天更枯黄了，连一点血色也没有了，像我的身体一般的憔悴，但我没有感到它是死去了，我却觉得它的生命仍在地下吸呼着、蕴藏着，它永远生生不息……

我的孤独的性格与怪癖的行径使我自然地选择了描绘这北山荒草的寂静与荒凉，并且要在这寂静与荒凉之中表露我对生命的全部热情与追求。

——我是个怀有多种欲望却由于命运的捉弄，成了个有多种缺憾的人，有时为了命运赐给的灵光而欢悦跳跃，有时为了种种得不到的梦幻而憔悴不堪……

——由于我先天就缺乏宗教的虔诚，后天又得不到圣贤的教诲，便培养了无际的野心与焦躁，一直到现在，这心中的魔鬼还常常打倒我不坚定的意志！

拯救自己的，惟有认识命运的自然性吧……

美术色彩：那大师作品中的迷醉人的色彩的奥妙来自他那欢悦的心！来自自然中本来就具有的种种本色，而能够描绘得精彩动人，却只能具有那像蓝色的玛瑙一样的眼神才能观察得到，只有那充满着高尚而优雅的心灵才能接收……

我想，这颗被无知与愚蠢麻醉了的心，终有一天会苏醒过来，重新发出欢悦的歌唱的，而我这支歌儿，是不能盲目地追随着大师的后尘的，大师的杰作令我们的眼睛与胸怀都已塞满，可我要吸收的是他们的创造精神，而不是他的风格，风格从自己身边的景象中产生……

## 我即是复活的生命

1989 年 10 月 24 日上午 10 时 5 分

他对自然的崇敬是无限的。——柯罗

今早，我看天气阴了下来，很好，我的画正需要这样的气氛与光线，于是整理好画具，来到了北河，坐到我的老位置上。好极了，风很大，刚好难得的是又刮上了由东向西的风，堤岸上的草正与我画中的符合，紧张而兴奋地画，身子几乎是趴在地上的。因为风很大，不一会，天空阴得更厉害了，冷风也更冷地刮了起来，下雪了，这时，北河的天空与荒草堤岸笼罩在极阴沉而空荡之中。这种自然中的气象很令人感叹人生另一种悲壮而大孤独的境地……

顶着风、雪，夹雨向回赶，头顶用调色板撑着，风旋转着，身子也跟着旋转，

盛夏的河堤　布面油画　65cm × 90cm　1991 年

画板、调色板也跟着旋转。突然，一阵急风，人站在风雪里一动也不能动了……

这种不能动只是人无力与自然抗争的暂时状态，只要风儿一过去，人便可以继续走动，而想起前天下午的情景，才令人心中凄惨哪……

前天下午，在我忍受了短时间而多次的心理打击后，来到北河画对岸的荒堤，人坐下随即身体也瘫软下来。由于整个心里的虚脱与身体各部分的虚脱，只有思维这时亮了起来。一个念头闪了过来，我的父亲、母亲即是由于心里脆弱，而导致早亡的呀，难道这也会遗传吗？不！我绝不能再发生像他们一样的悲剧！——慢慢地，吃了一点东西（背包里放了很长时间的一块月饼）有了点力气，但要画下去，眼睛里的感觉几乎消失得没有一点影子了，只好收拾一下，往回走了，半路上休息了几次，才一点点地回到了家……

在思想长久地渴盼并且知道这种渴盼有九分的把握能够实现，而正在接近实现的时候，事情完全变了，使人的精神虽然像顶住塌方的岩顶一样的用劲，但终还是被压倒下去，好在我的思想与精神的承受力还可以，很快地两三天便爬了出来，又快乐地在原先的轨道上进行着平静的生活了……

这两天看文杜里著的《西欧近代画家》一书，很有些收获——经过数位近代大师的比较，慢慢地自己身上也无形地注入了库尔贝的雄沉，德拉克洛瓦的热情与浪漫，西斯莱的优美、高雅，梵·高的孤独从苦难中培植起来的抗争力量，而从才能与心理的坚强上的还是高更先生，高更无论在绘画上、做人上都还是可望不可及的……

过艺术家的生活与做艺术家是两回事。

也可以说，丰足的物质条件可以尽快实现艺术家的生活方式，聚会、谈诗论画、听音乐、欣赏作品。

可这些要是作为每日努力的话，就不会做个一流的艺术家的。

第一流的艺术家应该是永远是把创造性的劳动放在一切事物的前面，很少间歇。

## 北河散步随想

1989年12月4日下午5时

在深雪中迈着大步，一直走到北河的尽头，这时周围已全被夜幕笼罩，眼睛周围只能看见在坝上从厚厚的雪中露出的稀疏的荒草在寒风中抖动，引起我一阵阵地要把它描绘下来的喜悦。

下午整理了一下过去的作品，总的感觉离画出自己的东西还很遥远……又随手翻看起了《德拉克洛瓦论艺术》一书，读不了几段，便被大师崇高而伟大的意志所震撼，激动得穿戴好，出去散步吧，虽然这不多的话语，却立刻把心胸填满，再也容纳不进了……

来到北河，今天才真正进入了冬天，寒冷萧条，厚厚的昨天落了一夜的雪，随着北风的吹刮，旋起了许许多多的小丘陵，天这时已渐渐暗了下来，整个气氛真是令我喜欢而热爱的苍凉、孤寂……（这样的心境，这样远离尘世的风雪边塞，悄然而内心沸腾着热情的一个人……）寒风不断地袭击着我，白雪却沉沉地欢迎了我，脚踏进去厚厚的雪柔软松散，由于费劲而产生了热量……由脚升上额头……

越走越吃劲，目标也觉得很遥远，但内心知道现在必须用意志鼓劲，并且树立伟大的艺术信念的道路比这样的路艰难得多，仅靠体力是难于完成的，而由强烈的热爱产生的意志会帮助你走到你设定的目标的，并且要把强烈的热情设置在理性与思索之上……这样，在深雪中迈着大步，一直走到北河的尽头，这时周围已全被夜幕笼罩，眼睛周围只能看见在坝上从厚厚的雪中露出的稀疏的荒草在寒风中抖动，引起我一阵阵地要把它描绘下来的喜悦。这时，感觉狼会随时出现，可却没有一点惧怕的念头，是否我自己也变成了一只“荒原狼”？可以与真的狼为伍，与它们共同奔跑在荒野，共同把头抵在地上发出长长的哀鸣。

向回拐，远远的城里的灯光很温暖地从层层的楼房里传送过来，可想到无聊的家，心就一下子凉了下来……

这之后的每天下午5时，天快要暗下来时，我都重复一次北河的散步，每次增加一行雪中的脚印，最后数一数，共是18行，其中没有别样的鞋的印迹。

## 附于作品的精神交响

1989 年 12 月 11 日下午 4 时

**我的作品，今后所有的作品，都要在画面满满地充溢着心灵、意志、才华、精神的放射！**

昨夜由于在朋友家喝多了酒，半夜 12 时才回家，早起头很昏沉，加上外面有些冷，就休息了下来，听着门德尔松的交响乐，这交响乐反映着十七八世纪的上层贵族的优雅生活，虽然整个篇章比较急促，但这样对比之下，那舒缓的部分就愈加优美，像是升到了云端的高贵……

在绘画中也要力争像交响乐一样丰富、有厚度、有多角度、多层次的变化，在我们的一生中，也要像这交响乐一样，从方方面面来修养、丰厚自己才行，而

冬日里的阳光　布面油画　50cm × 60cm　1989 年

作品就更要有许多的数量，才能构成一部交响乐的阵容……

10 点多钟出去作画，但没想到外面的风这样大、急，天又这样的冷，咬紧牙也要走到地方，心想，哪怕在作画的位置上坐一会也是一点胜利。坐下后，在视觉上竟出现了极灿烂的感觉，风愈大愈冷，感受愈强烈。阳光强烈地照耀在草地、白雪上，那样闪烁跳跃，昨天我要向往的圣洁的辉煌，今天在视觉上出现了。这样在一阵阵风过后的空隙，激动地画了一些，便很不甘心地收拾工具往回返了。在路上，我想道：还是太阳的光辉，使万物包括心灵都充满了生机与快活，使我的绘画闪射出光彩……

回到家，把画摆在地上观赏着，边听巴赫的音乐，突然产生　意念，我的作品，今后所有的作品，都要在画面满满地充溢着心灵、意志、才华、精神的放射！

冬日里的阳光　布面油画　50cm×60cm　1995 年

## 心灵之诗

1989年12月12日下午4时

啊——心灵之诗：这才是绘画中要达到的一个极高的境地，绘画作品要是有了浓郁的诗情，那才是好的绘画！

由于昨夜里又喝多了些酒，4时醒后没睡着觉，这坏习惯使我上午昏昏沉沉，走到河西后，便坚持不住休息了一个多小时，快11点的时候，挣扎着出去画没完成的画。这幅画昨天就画得很艰难，一点进展也没有，像登山到中途没了路，今天坐下也还是这样无可奈何的感觉。突然，视觉中出现了很快的一闪，那近于黄白的草地令我想到更优雅的格调、诗情的格调，啊——心灵之诗：这才是绘画中要达到的一个极高的境地，绘画作品要是有了浓郁的诗情，那才是好的绘画！渐渐地，我大量地使用柠檬黄，这种颜色在这里有一种很圣洁的意味——我的笔触跃动着，像邓肯的舞蹈的韵律，这幅画是献给邓肯的，因为这半个月里，我一直沉浸在她那如女神一般的自传之中……

回到家，画挂在墙上，刚才这所有的灵感，竟然一点没表达出来，真是奇怪！思索了一会儿，不由感叹道：要表现这神圣的思想，还得经过极其艰苦的描绘过程呢……

下午，继续另一幅的写生。走到地方，画了不一会，雪便下大了，这使我知道了，下雪天是不能作画的，因为雪落在画布上，什么都难于表现出来了，无奈，只好收拾画具，往回走了。在路上，也突然产生了灵感——这幅画的诗意，是要很隐喻地表现出忧郁……

## 思想意志的巨轮

1990 年 6 月 4 日上午

我应该做到：除了艺术劳动之外的事情，我都是麻木的！

昨天在北河写生，出现了令我高兴的期待的东西：渐渐地从自然中发现了本身的美，这样，就打破了惯常描绘中的似乎是有力、奔放、训练有素的笔触！

艺术首先是心灵，然后是眼睛，最后才是手！

可我们的平庸的教师先训练我们的手，麻木了眼睛，僵死了心灵……

我这一时期的主要目标是写实主义：优美独到的平凡而细腻的自然美的描绘。

然后顺其自然地向某个领域变化，总之，现在重要的是数量的积累与几个领域里的必然过渡（现在涌动在心里的似乎有极抽象的拼贴之类作品）。

今上午，原定写一批信，但手懒懒地提不起来，且从心底觉得疲乏，想到这些年的拼搏，愈加觉得疲乏……

看但丁《神曲 · 天堂》第二篇开头：你们呀！坐着一条小划子，跟着我唱着前进的船，一路听到此地，请回你们自己熟悉的岸上去罢。

这句诗刺激了我！我的事业之心与整个意识，似乎都是个小划子，这小划子是不能在海上乘风破浪的！

啊！我要让思想与意志变为巨轮……

……这样，我的精神与一切隔绝，专一地注视着，不移动又不分心，愈注视而欲望愈炽烈。一个人注视那种光以后，便不能允许转向别的事物，因为做欲望之目标的善，是完全聚集在那种光里面，在他里面的是完善，在他之外的就有缺失……

## 重读《亲爱的提奥》

1990年6月26日晚

我如此酷爱绘画，除绘画外，别无他求！纵使命运如此捉弄我，我也决不屈服，要顽强地努力下去！去发现手底下表现对象的内在的生命！我的生命的快乐就在于此。

有近一年没读梵·高写的“提奥”了……还是那样震撼灵魂！那样感叹不已，催人泪下……首先要做的还是“人”！灵魂与意志的伟大！坚毅！

可是，我对我的绘画天分几乎是绝望了……原始的天分被无知与庸俗的导师破坏得干干净净，面对对象，充满表现的渴望，一下笔却一点感觉也没有，平庸，讨厌！

而我却如此酷爱绘画，除绘画外，别无他求！可命运又如此捉弄我。我决不

初春　50cm×60cm　1989年

屈服，要顽强地努力下去！去发现手底下表现对象的内在的生命！我的生命的快乐就在于此，今天上午画的油画风景已出现了几笔令我高兴的色彩……我慢慢地、耐心地观察，慢慢地调色，客观细微的色彩也慢慢地向我呈现出来……尽管这幅画并不会成功。

可是我的素描，今晚画的妻子休息的素描，却如此令我沮丧，一下笔，竟是无聊透顶的“中国画的线”——而我过去竟多么长期地误入中国画的领土呀！

我现在如果想真正地从事绘画，并想献身的话，就必须如同一个恶行累累的人一样，一点点地洗刷过去各种各样的罪恶！在绘画上，我已是一个沾染各种罪行的人了，而在灵魂里，天性上，就更是要清洗那种种低俗的杂念！

如果想作为一个艺术家而生活的话，那你的灵魂与思想就必须是要单纯的，爱人类的……我最近却对一些灵魂龌龊的人充满了厌恶之心，很害怕与这样的人见面，似乎一见到他们心里就发抖啊，面对肮脏的灵魂，就像面对着一堆蛆虫一样恶心，可我却又表现了多么的胆怯呀！今晚，想画妻子的裸体，由于她很疲乏，便生硬地拒绝了我。当时，我的心受到了重重的一击，使我一下子对人的美好，对女性的希望，对生活在周围的人们的信任与寄托，丧失得干干净净，我想既然丧失了对人的热情，绘画还表现什么？

40岁的起始：

长时间沉浸在柴可夫斯基的交响乐《悲怆》里：悲怆，悲剧的命运，我无法回避这个不可逃脱、不可逾越的命运！……

我开始考虑怎样真正地对待死亡的时间与方式——对待死的内心真正的态度！

作为艺术家的生活方式不能实现，这本身就是一个严重的打击，加之愈来愈坏！缺乏创作灵感与环境的激动，缺乏身体强健所必要的。

悲哀的低谷到了极点，便又涌上浪峰的山顶。一个男子，真正的男子，决不能被悲哀的命运压倒，决不能陷在悲哀所笼罩的愁雾里过低沉无奈的日子……

一个男人，像许多先人如歌德、尼采、黑格尔一类先人，他们对命运何尝不感到孤独、悲哀，但是他们用伟大的理性使自己高高超然于命运之上，冷静而极理性地从事他们的各种伟大的工作！

而且尼采的一句话，便把我从腰疼中拯救出来：疾病大多已经是衰落的结果，

而非原因。——哀叹在任何场合都无用，它源自软弱。

他生病，他不能抵抗疾病，这本身已是一个衰败的生命，一种因袭的枯竭的结果！

还有什么东西比愉快心情更为必需呢？如果没有高昂的情绪，没有一件事情会成功！只有力的过剩才是力的证明。

现在我的心境恰好与但丁《神曲》中的这一段相吻合：

现在你已看过来了
现世的火和永恒的火
也走到了
一个我无法再施展眼力的地方

我已用智力和天恩把你带到这里，此后让你自己的欢乐来引导你，你已走出了险峻和狭隘的路，看那照耀在你眉额上的阳光，看这里的土地自己长出的柔嫩的草，美丽的花，丛密的灌木在那双喜悦美丽的眼睛降临之前，你可以坐下来，也可以随意走动，你再不用期望我的言语或手势，你的意志已经自由、正直和健全，不照它的指示行动是一种错误，我现在给你加上冠冕来自作主宰！

读西方画家传记：其中谈委拉斯开兹书著者说一个能处理好现实的艺术家须要从四个方面有悟性：一是奉承，二是忍耐，三是勤奋，四是对自己的命运感到满足。

近日，由于我们画院那俗不可耐的头头为了自己不可告人的隐私，表面上为了工作想起了办研究班的事情，在这个过程中，他的小人之心充分表现出来，几次向我暗中开刀，我都领悟到上面四点，从容待之，我感到在这个时代做人做艺术家的不容易。

看梵·高的画集，可以说，梵·高作品的色彩并不是很好的，他的成功主要是他的个性、风格画面的形式感造成的。再看高更、塞尚的色彩也都发现了这一问题，问题就在于他们的色彩不是他们本身、天生带来的，而是学来的，世界上凡属学来的就必定是第二流的东西，而博纳尔的色彩是天生的，是世界上色彩最优美的大师。

因此，我悟到：在绘画中，万不可学什么东西，而必须画属于自己天分的东西。

我绘画中的天分在哪里呢?

对艺术缺乏真正的专注。

建桥谈关于懒惰的问题，——懒惰由此滋生忌妒、狭隘、自私。

还有关于上帝、神、艺术家诸方面。

我觉得我的札记写的太平常平淡了。邓肯的，梵·高的，高更的，德拉克洛瓦的，罗丹的，安格尔的，塞尚的……他们的札记写得何等好啊，何等的迷人、深刻。我不想写下去了，因为我的思想太肤浅，行为太不到分。

关于绘画者的品质：两年没见马文双，他的画还是一如既往，我与建桥脱口而说，关键的是他的品质没有变。

品质一词看来对绘画者是太太重要了，绘画者要求的是一生都保持诚实、善良、仁慈、宽厚，这是关于心灵上的品质。还要求意志、毅力、勤奋不断，这是关于行为上的品质。

反之，心术不正，贪婪、伪善、自私、狭隘、虚荣心、妄自尊大，具有这些品质的人，是不会产生真正的艺术作品的。

常常从内心里产生懒惰、软弱的念头，但是一位伟人说过的话刺激着我，不容许自己的怠慢，“没有近于疯狂的情感，就不会有大诗人”！

不迷、不疯就没有真正的天才了!

黑暗的政治、生活环境的不如意等等，都在有食物的保证下显得与自己毫无关系了……

昨夜由于小路从日本归来，邀建桥、殿霜来陪同喝酒，一直到后半夜 1 点多。谈邓肯，建桥认为邓缺乏真正的宏伟的艺术的永恒性！（我并不全赞同）

# 再做一次天堂梦

1991 年 3 月 10 日早

这欢乐越是向上登攀越是纯粹。——但丁

今早沿着北河堤向河西走来，一路上愉悦地感受着这早春的浓厚的气息。远处的天空呈暗灰色，景物都不明晰地隐在暗处，而近处的山崖却由于阳光的照射十分清楚，强烈地反射着光，暖色的光，这是太阳又距离我们近了的缘故。我又想起了每年这个季节来到的欢悦，春天能再一次回来，是自然对我们的恩赐，可是我们的年龄已经步入人生的夏季了，在夏季的日子，我们更能体尝到生命的丰富与旺盛，尽管有灼热的太阳，可一切生物都吸饱雨露，等待着结出果实的秋天的来临。

我想，在我们步入 50 岁的时候，那就如金色的秋天一样，人生之秋，更加迷人、多彩，就是冬天来了，在寒冷的冬夜，点燃最后一支蜡烛，也能慢慢地翻阅生命的记忆之册，让双眼再做一次天堂之梦。啊，神的恩赐，让我们饱尝人生的四季。

南山初春　布面油画　50cm × 60cm　1995 年

## 凌晨的自画像

1991年4月20日

这个凌晨，我的心灵深处发生了重要的变化，我将从此飞跃到了高高的山峰之上，向下蔑视与嘲笑这充满罪恶与卑俗的人间，我的心灵与绘画将向着雪莱、泰戈尔一样的崇高、丰富、博大、坚实、优美……飞翔！

另一重要的认识是："背景"的重要，一个国家，一个人……我从事书法是一个重大的错误！从此我弃绝它与相关的一切中国文化，改变为：智慧、心灵、意志征服！

人的真正的自由在于下决心只崇拜我们自己对善良之爱好所创造的上帝，只尊崇那个激励我们洞察我们最美好的时光的天国。

在行动上，欲望上，我们必须永远对外力屈服，但是在思想上，在灵感上，我们必须有自己的主宰！前天，来到北河的堤岸，荒草在春天迷蒙的空气中，令人心中很愉快（有生命复苏的感觉），但更多的是引起我的忧郁、孤独感。

整个北河一片寂静，一片空荡，一片迷蒙，啊，我的眼泪马上就要流出来了，我真想痛快地流一阵泪……可是，我这种感受都没有表达好，画一会后，远远看，整个色彩太乱，太缺乏思考，令人很扫兴，画不下去了，往回走一半的时候，决定在石头砌成的大堤斜坡上休息一会，思索一下（反正我不想在中午的时候回到河西这个家，乱糟糟的，一张张我不愿意见到的脸）原因还是找到了，是思想里面有着急的缘故，这些天来的很足的劲头，表面看来是极勤奋，但里面掩盖着一个念头——即：想多多画出好作品，然后办画展，让世人知道我……可我这个人作画成功都是在不经意，或者不知道着色的情况下完成的（我想，许多大师们也必如此吧）。如果一年能画好20件作品的话，就已经算很不错了，可我却想在一两个月画完新近配好的画框。可有的大师一生却只有二十几件作品——像梵·高、德拉克洛瓦等大师，他们是属于这种类型的人，我却不是的。

今天看学生买来的塞尚画册，很受启示，画色彩今后不要犹豫，不要总怀疑，改来改去，不管怎样，用最生动的直觉，深刻地生动地画下去。

自画像　纸本　钢笔　50cm×35cm　1990 年

看塞尚画册，听勃拉姆斯交响乐，那样和谐发出共鸣，这时拿出我的摄影作品，放到墙上，马上就拿掉了。分量太轻了，只有优美的旋律，而没有深沉、博大的共鸣，这当然说明我的文化修养不厚而致！！！

前几天赵作联老师来我这喝酒，很兴奋谈了不少，中途来两位学生，赵老师更是兴奋，谈了几个小时，可我却没有受到一句话的打动，这说明他的观念与见解太落伍了，主要还是文化背景的浅薄的缘故啊……

建桥在河边找到我，谈托尔斯泰。托能够写出《战争与和平》这样伟大的著作，是与他中年改进自新，一心向善的信仰上帝分不开的，虔诚到了份，像梵·高那样虔诚得要死要活的……

# 内心的秩序

1991年4月25日

*每个人都应该有自己的秩序，这个秩序只能由他自己根据内心与过去的基础来决定……*

昨天上午到野外画写生，临君说我的油画布因为作了漂亮的底色而觉得应该随着这新感觉来处理画面，我觉得虽然这底色给予画面较容易出效果的方便，却不是我心中想追求的色彩。我最近这个时期冥冥中想画出自然本身很真很本质的固有色，不愿意轻易就获得印象派的色彩，因而我脱口说出：每个人都应该有自己的秩序，这个秩序只能由他自己根据内心与过去的基础来决定……

晚8点以后与临君在一家酒店喝酒聊天，谈了不少关于朋友、家庭、社会方面的问题。我说：艺术家要屈服于命运，特别是屈服于社会与人给他带来的种种不幸，然而他不能够屈服自己的软弱。不能屈服艺术上的艰难，如果他不悟到这一点，他与社会、家庭抗争，他的精力就浪费了太多，而收效往往很少。

今上午从临时住的旅店出来，外面下着雨，许多女人穿着漂亮颜色的雨衣，打着各种颜色的伞，很像一朵朵在雨中开放的花，女人的美丽在外表，男人的美就应该在里面。

临君刚刚从我屋子里出去，到汽车站返回铁力，他这样来去几次了，每次他来都能在绘画上与我交谈得很愉快，人一出门，便马上感到人生的孤寂与悲凉……

又读了一会泰戈尔的诗，真令人受不了，这样伟大、迷人，充满人生的眷恋，热爱多么美好的词语，被他的迷一样组合……

睡了一觉，梦中自己独自在家中，屋里堆满了书籍杂物，心中很难承受孤独的刺激——因为建桥走了，而且是我以前从没有体验到的，过去在我离开建桥时，并没有顾及他的伤感，轮到他走了，孤零零的我一个，仿佛世界上只留下我一个人，眼睛盯着一只小金表，看着时间的流逝……醒来，好半天没缓过来这段难受的劲。

下午外面的雨还没有停，便听着勃拉姆斯音乐、观赏塞尚的大作……勃与塞的作品很能产生共鸣，底色是深沉、浑博，而又极富有激情。勃的音乐极有立体感、弹性，怎样激烈也不生硬。这两位大师真令人生畏——想起前几天听关牧村演唱

那样把我震动，我产生要拜访关牧村的想法，而比较这两位大师，她又算得了什么呢？所以，我要画出好作品，去拜见勃拉姆斯与塞尚吧。

把梵·高与塞尚的画放在一起使我发现了一个秘密，或者说证明了我对梵·高色彩的一个看法——梵·高在色彩上，对印象派的科学性过于崇拜，吸收太多科学理性的概念色彩——因为色彩过分分析与理性科学，便必然会导致概念的色彩产生，梵·高在色彩上缺乏贡献，也就是缺乏色彩的个性，他的伟大的心灵，强烈的情感，把平庸的色彩掩遮了——而塞尚的色彩虽然具有科学性，但更多的是顽固而执拗地追求视觉与心理的强度、个人的强度——因而，塞尚的色彩更有力度、深层与感染力。

在市郊作画　1989 年

# 艺术背景的转变

1991 年 5 月 10 日早 5 时

我的画的背后是什么呢？是灵魂的高洁！是极丰富而美好的情感！还是大量的诗与音乐修养的滋润……

我的艺术背景发生了重要的转变，由柔美的忧郁的小夜曲转变为交响乐的要求，近日连续听勃拉姆斯、柏辽兹的交响乐，观赏塞尚的画册，使我的绘画也产生了交响的共鸣！过去的绘画太薄了，而且只寻求色彩的方式，色彩感觉反而减弱，而心中鸣响着交响的声音，那自然中的色彩便层层显露出来，极丰富……

这个背景的转变十分重要，而且还要从大诗作方面长期补充自己——途径似乎是这样的：由 19 世纪上溯到文艺复兴——古希腊——再回到 20 世纪现代上来，如果不补充西方文化的古代文化是必定没有坚实的根基的，而如果不再回到现代中来，那是不真实的，因为生活在现代感应的都是周围的事物，表现的方式必定是现代人的。

昨天晚上建桥到我这里闲坐，随意聊了许多关于艺术方面的事情，留他吃了点面片，当时还没有喝酒的兴致，接着又聊了一个多小时，天渐渐暗下来。

建桥提出到小酒店喝酒，我们找到一家小酒店喝酒，聊到 11 点多钟，又谈了不少艺术方面的问题，总的感觉，这样度过的夜晚对艺术家来说太悲凉，可毕竟还有人能陪着建桥，而我也能与建桥聊聊艺术的观点、感想等等，也就是艺术上的幸运了……

今早醒来，又一次为这种家庭生活方式感到悲哀之极，像我们这样的人，是不能够有正常的家庭的，家庭对艺术创作是个极大的破坏，可以设想，如果能够把情人带回来，画她的裸体，不受时间约束，会产生怎样多而好的作品——而且会激发出多少创作的灵感！

不过，像这样的苦闷不能压倒我了，对少女的渴求的折磨已经在去年达到了最高点，如果再次落进这个深渊，就太不坚强了，既然自己已经认为逾越了这个障碍，当它再产生出现的时候，就要坚决地压抑下去。

我强烈而清楚地感觉到：我的色彩马上要发生大的变化了，热情沸腾的，激情洋溢而极美的色彩将是我的表达方式，这样，画画，画出一批又一批大幅的杰作，怎么会没有情人，没有艺术的生活方式！

只是，现在要忍耐，忍耐这像在沙漠中生活的日子，这对耐力的培养是极有价值的。

尼采说的好，这个人坚强得足以使任何东西都变成对他有利。我现在感觉我正是这样的，我现在极需要从方方面面丰厚结实自己，比如说：生活方式单纯，缺乏灵感刺激，那就培养耐力，忍受干渴的耐力，天气不好，我加紧锻炼身体，以适应恶劣气候。身体有病，就更加用心地与之斗争，这样，还会产生剩余的活力促进身体其他器官的健康。

总之，种种的不幸，都要变成生命与艺术的刺激品。

我想到：如果我能画出大画大幅的杰作，那么，为什么还要要求自己成为诗人、哲学家呢？我的画应该使诗人沉醉其中，使诗人受到刺激从而产生诗作。

那么，我的画的背后是什么呢？是灵魂的高洁！是极丰富而美好的情感！还是大量的诗与音乐修养的滋润……那么，为什么还必定得要又是画家又是诗人呢！

速写两幅

## 灵魂交响曲

1991年5月12日早

*一方面是铭心钻骨的渴望艺术家应有的生活方式得不到的折磨，一方面是渐渐领悟绘画艺术真谛而肯于舍弃一切的愉悦与意志！——啊！男人！*

这几天集中听交响乐曲，更进一步领悟到了西方艺术的神髓就是人类至高的善！至高的美！至高的丰富多彩的情感，与尘俗搏斗，从命运不幸中的挣扎——优美的挣扎，向着天堂上升。

读《圣经》累了，便躺下睡着了……将要醒来之际，心中升起一股崇高感，这崇高感是来自天庭，来自对上帝的相信，这崇高感将使我从内心里理解西方的音乐绘画，还有我将创作的作品……

*在一个深刻的灵魂里痛苦总不失其为美！——黑格尔*

1.《人生的目的》2.《艺术的目的》3.《具体阶段的目的》，也就是个人生命的目的。昨夜，建桥来闲谈到深夜12点，他的话启示了我对这个问题的思考——如果不建立崇高的目的、宏大的理想，那么现实中无数烦恼不堪的遭遇会把你折磨得会连活下去的乐趣都消失尽……

早起在北河散步，读泰戈尔诗，忽悟到：艺术其实质的意义不在创造，而是要美，使人迷醉。泰戈尔的诗我没有品尝到创造形式的快乐，却是他内心里的音乐，心灵的优美，无尽的想象使我如痴如醉……

7点30分回到房子，听瓦格那音乐，那雄强、沉厚的男子风格还是令人崇拜！（也应该是男子汉的风采）而越是最后要出现雄强、沉厚的男子风格，越要在之前补足阴柔之美、内含之要素。

不断地读梵·高的《亲爱的提奥》一书，产生了一个重要的认识：我要做出极大的努力，从根本上使自己翻一个个，从没有艺术感觉的平庸的人变成一个极有绘画天分的人——那么，真正要变化的是彻底地从根本上做一像梵·高那样的

自画像　钢笔　纸本　50cm × 40cm

人！那样诚实、真挚而富有热爱人类的伟大心灵的人！如果有了热爱一切生灵的心肠，那么才能在观察认识对象时赋予它灵魂——把自己丰富的灵魂赋予表现的对象，我想这才可以谈得到要动手作画了……

今凌晨4时醒来悟到：任何作品的绵密非常非常重要，一部长篇小说，如果缺乏绵密性，就太缺乏细微与连接，缺乏丰富与浑然。而绘画呢！也是要靠大量的看似相近的作品完成一个整体风格的建立，也必须有大量大量的作品才能完成这个领域的探索与创新。

再就是我要坚信梵·高的话：坏的完全有可能产生好的，我要下决心画一百幅坏的素描然后产生好的素描！！

# 太阳灼烤下的意志

1991 年 7 月 8 日早

*我以圣火一般的意志重新动手作画——梵·高*

我的画进行到第三天，终于出现一点令我感到高兴的色彩与内在的韵律。这样，我才有了兴致写下这篇札记。早晨 8:30 分出发，徒步走 40 分钟，来到北河，画那荒草堤岸，画我内心那优美而寂寞的孤独。我选中的这段堤岸上的草，在太阳光强烈的照射下，一片迷蒙，一片静静而忧郁的迷蒙，而当有风吹过，无数的青草便起伏不停，我的头发也随之散乱飘落——啊——荒草的深海……

风景写生两幅　布面油画　50cm × 60cm

很艰难地画，一只手要撑着伞，以挡住太耀眼的光照射画板，一只手拿笔，斜着坐在堤岸的石头上，一会儿，脚便麻木，然后换过身子，热得有些喘不上气来，眼睛也发眩晕，头里面便也迷津起来……停下跳进河水洗一洗，然后只穿着短裤坐下再画……

这荒凉的堤岸，人很少来，而路过的人，都像绕过一块石头一样绕过我，或像看一块奇怪的石头一样多看我几眼，至于我的行为他们就毫无反应或大惑不解了……心中也承受着一

阵阵过于孤独的袭击，渴盼着有个少女，一个懂得艺术或崇敬艺术的少女能够出现，陪伴着我，这个渴求已是为了来到作画地点之前的幻觉而出现，变为想象的快乐而激动。

可一切都没有，仍然是那块我天天坐的石头与支起画板的石头，还有我一旦坐下便令我激动而要不停画下去的荒草，迷蒙的荒草……

任何事物，只要到了一定的极限，便会走向轻松，我慢慢地走近了，慢慢地在内心里升起一个很硬实的意志，这太阳的灼烤，这没有情人的死默，使我的身体各个部位（包括神经细胞）也变得硬实起来，反而从头顶至下，落下来一股欢快的轻轻的颤动——呵——意志是胜利者！

到中午，接着又用钢笔画一幅画。画了近一个小时，还没出现令人有感觉的东西，这时，便格外地觉得阳光很毒，身体每个部位都疲倦了，一再画下去，出现令人感动的线条，一直到画完，共用三个小时，疲劳已被忘记，心中只有欢乐，只有经过太阳的灼烤后画出一幅令人高兴的作品的欢乐！

返回家中的路上，慢慢地一步步地挪动，背着装着画具的包与大画板，天热，就觉得格外地重，慢慢地喘气，活跃的思想也收扰起来。40分钟后，进房间，把画放在能够看得方便的地方，倒在床上，慢慢地睡过去，睡得不实的中间，再迷迷蒙蒙地看上几眼画。

# 自然源泉

1991 年 9 月 26 日早

艺术家应该在作品与生活中给人生指向——指向未来，指向向往的充满人间善意的伊甸园！

艺术家本人的思想与精神却要具有极现实的承受力。你的作品要充满饱含人生艰辛之后的音乐之诗，向往之诗……

上午这一铅笔的小树林的写生，一直画了三四个小时（中午睡一觉），现在觉得越画越画不完了。要求作品内部的“秩序”、和谐、细微、结构等等都远远没有画出来。

放在远处一看，又觉得粗糙得厉害，看来，还得重起稿子，明天，小心地画起来。上午一闪念：既然先辈大师已创造出来了许许多多类似的作品，我还要去如此去画，意义何在？（而且也很难在同一主题上画得更好了。）

可另一闪念却说：“是谁使艺术家放弃了自然？放弃了与自然息息相关的朝夕相处？”

艺术史上很少见有放弃自然的研究而成功的艺术家。

可许多现代派却不要自然。

而我想，自然永远也描绘不尽。

她永远是艺术家取之不尽的创作源泉。

想一想自己从来就没有真正理解绘画，也不具有绘画的大才气，却总自称如何如何要画油画。可这两天画了几幅素描（自画像与窗前的小树林），竟一点也不见有什么绘画所要求的独特之处，并且心理上也有一层说不清的屏障，在阻挡着我热烈地画下去。

# 甘心作画匠

1994 年 2 月 27 日星期日上午（于北京和平里 5 号作协楼 7 单元 201 室）

作画匠谈何容易啊！

常常为又要读书、又要画画的矛盾所苦、所折磨，心神也安宁不下来。想到伦勃朗所说：我没有时间读书。如果只听此言，会觉得他粗俗，可一看到他那博大精深的绝伦的绘画，便觉得他不读书是有充足的理由的。

我从现在起的一年内不读书，信念是“甘心作画匠”，作画匠谈何容易啊！

桦树林　纸本　炭笔　70cm × 140cm　1990 年

## 视知觉的解放

1994 年 4 月 13 日 9 时

画任何东西都是构图要大气，注意吸收一些大师如普桑的大气与饱满……

昨晚翻看在伊春所作的油画、素描，又激起强烈的怀念情绪，觉得那里的每一处地方都能激发出我作画的灵感（而现在在北京我画什么呢，茫然得很），我想我的作品应当是在伊春完成！！想着想着，情绪不好，昏昏欲睡，头便靠在沙发上闭着眼，不想还真的困劲来了，索性什么也不做，不洗澡，睡觉罢，一看表，也已经 11 点多了……

后半夜醒来，思索着自己的艺术问题——最终想到自己是不具有幻想力、编织力的长处，不具有创作“抽象”作品的能力。

不具有精细描绘画“古典”的能力。

突然悟到：只具有视知觉的感受能力，虽然这个区域很窄，如果真正钻进去，才是宽阔无比！如果到处试验，精力浪费，才可悲呢！

我的视知觉能力虽然一般，却还是没有真正解放的缘故，所以肯定还会大大变化的。所谓自己的思想，一个人的哲学思想能力，作为一个画家来说，就应该是你找到你自己的风格的地方，找到了，不断挖掘属于你自己的思想就建立了。

放松，放松，画视知觉的解放，而极重要的方法是不要画的太快，而要慢慢观察，慢慢感受，慢慢找到感觉！！！

比如，画一个人体，要想到他内部的连接的又连贯、又断开的感觉。

## 继续写生

1995年9月30日晚

作为一位艺术家，会从什么也不临摹的属于自己的认识中，有能力画出属于自己语境的色彩——现代绘画尤其必须应具备的能力，进而再发展到探测、丰富起属于自己的“艺术空间”。

中断了一年的油画写生，又恢复了三天，在作画中，我由面对景色想客观地把看到的表层色彩画出来，发展到想要表现出景色内在的色彩的意愿！我思索道：这内在的色彩，不是画出什么奇特的色彩，而是它必须是景物中存在的，存在于景物中并不显著的位置的属于微妙的地方。当然，我这次作画强烈地发觉了景物色彩微妙的所在，这是对过去的一次很大的进步，也强烈地反省批判了过去的观察方面的粗心大意。当然，仅仅发现与表现出奥妙的色彩还不够，还要进一步地把整个构图中奥妙的色彩联系起来，然后再调动自己对自然、对现代艺术的思考与要求，再做出进一步努力。

引发我写出上面这一段话的直接激活点是刚刚翻开一本外国画册，在其中一页见到一幅描绘一位妇人的画像，色彩逼真，表现微妙，我想临摹一下，以重新锻炼笔力，可马上感觉到此画色彩上的平庸与概念化，如果不能发觉这个问题（千千万万的学习绘画的人，都永远不能认识到这个问题），那么，就只能单纯地发展自己平庸的认识了。

# 乡村静思

1995年11月4日星期日早8时

**今天，我的乡村生活开始了，我现在搬到城郊边的一所平房里，出门就看见大山、大河，进屋就有火炕、炉子，房子周围有菜园、野草、猪、狗、鹅、鱼……这样的生活能使人心静下来，能静静地思索、看书、作画——我愿意后半生就这样度过……**

9月30日到现在一晃就有一个月的时间没有作画！虽然思考了许多问题（艺术问题），可由于每天要处理琐碎的事情，简直是无聊的事情，却没有勇气推开不管！这些事情主要由两方面造成：一是牙齿出了毛病，每天要去医院治疗，这么多年不进行牙齿的保健，终于积累了大毛病，现在就不得不浪费许多时间去治；二是需要搬到平房去的准备工作，当然其中夹杂着给市长反复的写一件书法作品(最令我不舒服的是，我已打算封笔十年，可偏偏又不得不写，以这样的心情去写，是很难写好的，所以反反复复写了几十张，才算写好)，还有住在楼里发生的水管漏水等小事，也把人搞的跑东跑西的了，还有不断地洗照片、寄作品等等。

这段时间整理出许多照片作品、诗、札记、素描，感到这些年虽然没有画好画，却也没有白过，可以说，我用了近十年的探求，反复、失望、振作、挣扎，今天才算是真正找到了绘画的感觉与思考方式，可以说，我的成熟是太晚了，虽然在书法方面我有了很大的作为，但又不是我内心真正要寻求的东西，在做诗方面有才能，也不是我要寻求的东西，摄影与素描也是末枝微节，可以说，这样都应了我多年求子的方式，先次要，后攻主体，现在来到了主体的身边，再旁顾其他下去，就要犯不可谅解的错误了。因为建桥那晚说的好——“别人看你绝不是看你挖了多少井，而是要只看你其中一口井打的有多深。”可以说，我这个人的类型，属于激情与情绪，情感很偏的人，如果在青年时期有好的文化背景，遇到高级的导师，是很可能在35岁成就业绩，而天不如愿，我只能是今天这样杂乱的我，只能是坚持住、慢慢成熟起来的我！

——那么，在我的心中，我的眼中，我的绘画是什么呢？首先是眼前的一切景物都具有感觉，都有很好的“空间弹性”！我现在可以不费心神地画出来，然

后是不间断地思索，思索出我所要发展到什么方位，是可以成为哪种类型的画家。

当然，近两天有了一个大悟：作“画匠”的工作方式对我太必需了，因为过去太偏重灵感与激情了！

还要进一步思索，使劲地画下去，可心中却有一个大失落在等着：人生终要停止，人类不断堕落，无人赏识大师——为什么放不下这固执的追寻呢？艺术令人太幸福，也令人太痛苦。

还要进一步思索与反省：怎样才能进入大境界？（包括养生，对近期成果渴望的中止，静想起来，自己却有说不尽的忏悔，今天之所以不成大器，根本原因是追求眼前与近期的要求所致！）

想想梵·高、塞尚等人，他们作品的力度、修养与特色多么令人震惊——我在思考着我的作品将会是什么样！

荒草堤岸　布面油画　50cm×60cm　1990 年

## 理性与情感的碰撞

1995 年 11 月 5 日早 8 时

我一生中绘画要努力的方向：饱满而有活力的色彩，细腻而丰富的情感，永远追求善与美的纯洁！

今早忽然脑际闪出这样一个意念——我的面前是一群大师：梵·高、米勒、库尔贝、毕沙罗……

那么，自己该有怎样的才干才能与之匹敌啊？也只有具有与他们一拼的念头，才能有所作为！

昨天傍晚去巡视了“我的领地”！沿着北河山边走了一大圈，被感动的景色很多，既有土地与远山天空出现的深褐色的迷人灰色，又有广阔的大河、大堤，远山天空的大场景，真是觉得画十年也画不完的！

想到自己的类型，不是理性的人、理论性的，那就回到最单纯中去，单纯地去爱、画。想到在哈师大快毕业时孙老师领我到她的寝室，拿出印象派的画集给我看第一眼时的震动与永久的影响——就是我一生中绘画要努力的方向：饱满而有活力的色彩，细腻而丰富的情感，永远追求善与美的纯洁！

想到高更对梵·高的捉弄，建桥对我的捉弄，都因为我们有一颗善良、单纯的心，过分地反省自己，过分地只看对方的长处，使这样的人狂妄自大，不能把握好自己！可以说，我因心地单纯与善良是与梵·高一样的，可建桥这样诡秘，不以真诚待人，却怎么可以搞艺术呢？可见艺术是有着种种的类型与区别的，我要从事的类型可以说是更直接面对人类的心灵、情感的，只是我要克服的是：我的耐力与韧性不足的毛病？

加之补充上一定的理性！

# 回途中的臆想

1995 年 11 月 6 日晚 6 时

南山的小路　布面油画　50cm × 60cm　1996 年

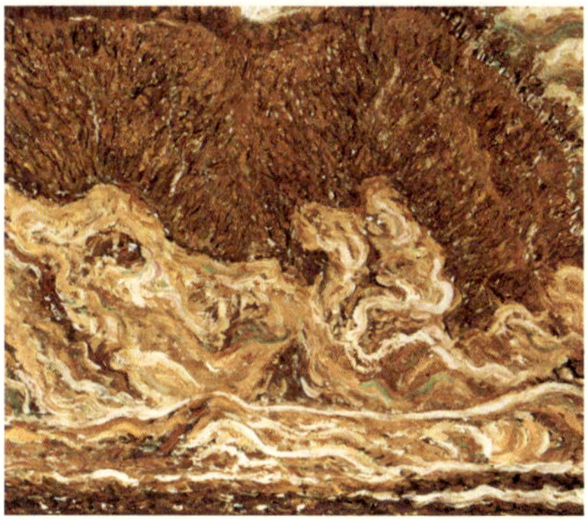

北方的山　布面油画　50cm × 60cm　1988 年

今天下午去医院治牙的途中，脑际闪出一个意念：我找到了自己的绘画方式与风格的发展方式了，那就是与我的诗应该是一样的，富有激情、感觉，精神上有高度又丰富！建桥说我有诗才，但没有发展起来，那么就由绘画来发展完善起来吧！

这两天由于准备工作没有完成，加之需要不断跑医院治牙、胃积累起来的病，没有动手画，但几次夜晚从城里返回“双鱼池”山庄时，沿途看到大山、河坝与城市灯光的环境，非常非常的动人，又寂静又富有情感……

## 画家之于作品的渴望

1995 年 11 月 8 日晚 8 时

*假如上帝把真理交给他，他会谢绝这份礼物，宁愿自己费力去把它找到。——莱辛*

昨天中午来了五位不速之客（芦笛、小白、金守成、王孟轩、建桥），打乱了我准备画布的工作，陪他们喝酒、谈唱一直到晚上 10 点多。在酒后，建桥等朋友朗读我的诗的感觉与平时不太一样，似乎每句都有感觉、力度与韵味，使我因此感慨道：一个诗人与诗、一个画家与画、一个音乐家与他的乐曲，都最好生活在极好的气氛里，有一大群随时进入他境界的朋友、观众，这样，艺术家的创作激情也就会大大增加了。

晚上，去大坝上画了一幅夜色的油画，很不成功，其原因是太匆忙，没有好好感觉一下诗的意境与发觉什么独特的色彩倾向……

今天连续读梵·高日记并再看他的画，令我心中很沮丧，这样奇特的天才、意志，非我这个平庸的人能达到三分之一！

就连北京朋友刘彦的才气我也是相距太远，然而内心深处却一直强烈地渴望做一个大画家，这渴望一方面是对艺术的单纯之爱，一方面是名利、荣誉之心。所以，一天来内心很焦躁不安……刚才忽然开悟了：天意安排各个人物的历史位置、才华、成就……而对我来说——我目前的种种现状，都是让我做一个“学习者”。能够有起码的生存条件，能够有静下心来的条件，加之年龄、身边的现状都需要我平静下来，每天平平淡淡地以一个求学者的心境去作画、读书，千万不要再去想尽快出现什么奇迹！（从我的出身条件看，奇迹已经出现的够多得了！）

如果一味不知足下来，反而会失掉一切的！想到每天可以有秩序地生活、养生、养心、作画、读书，不是很幸福很幸福的人了吗？慢慢地养好身体，画油画 20 年，才 65 岁，还可以学习书法、古文、画国画 20 年。想一想，此生该有多么幸运啊！

啊，感谢上帝，神灵，生命！！！

我还有一个潜藏很深的弱点：就是“个人意志太弱，总希望轻易得到援助”，我特别伤感自己在绘画方面缺乏天才，总希望某一天会突然发生奇迹，希望这一天能忽然来到！其实这样的幻想启示不会出现。

# 那一瞬间

1995 年 11 月 9 日早 8 时

*从今天起，我将快活地描绘一切景物、人、动物、花卉……*

今早大约 5 点醒来，思维很不自觉地就想到一幅我画过的小抽象素描上去，紧接着，我的绘画应该是怎样画、什么样子，都出现了：那就是要极度地放松去画视觉中的一切，不要计较任何形体，而要捕捉事物的美妙色彩！（这色彩的深厚，不要忘记格列克画的一只手，那么灰而深刻！）

再去深入表达丰富的情感——这样，夏加尔的放松，德库宁的抽象、典雅，梵·高、塞尚的力度、放松，都将来到我的笔下——而这样画下去，才是真正潜藏在表象背后的我的性情。

无惧的长寂　纸本　炭笔　70cm × 140cm　1990 年

## 静心·悟

1995年11月15日早

*该是心静下来，玩味在纯粹的对艺术的体验中去的……*

今早，幡然醒悟“心静如水”之大奥义，应该说一个人不经过名、欲、利、苦、乐、杂、乱、静等过程，是很难达到此境地的，回想多年来的焦躁、难静，其骨子里是欲望太多、太杂所致，导致在生存上落入虚荣、面子、享受的陷阱！对任何一点失误都要挽回，这怎么能做到“心如止水”呢！想到李叔同40多岁出家，而之前他是大风流、大欲望、大潇洒之人，他翻然走到另一极端。今早使我对他有了一个相同的共识、共悟，我也必然由一个大欲望的不能平衡，到几番人生滋味的体验，到今天这一步的。

想到此，心中无比畅快，想到昨日种种受累于世俗欲望之苦，心感悔恨，想到今后“心”可不再受任何外累牵连之殷劳，又充满了平淡的欢欣！人生的境界真是一步一变幻啊！外表看起来多少人谈笑风生，可骨子里谁又能超越自我与人世的羁绊呢？

## 追逐艺术的本真

1995 年 11 月 25 日下午 4 时于北河平房

**其实艺术应该永远不离大道，即美、善、真。**

看着这两天画的几幅风景，虽然还没有完成，其中有两幅已经露出迷人的色彩的端倪——我忽然想到我的作品，今后将不在风格上着力，不管传统还是现代，而要像让人喝一口酒一样，迷醉人才是最高的目的——在当代，人们已远离了优美的做人的许多必要的品质，所以现代的艺术家往往在作品中回避这个问题，从而去追求什么惊险、出奇、怪味、幻想、奇术、观念哲学……

风景写生两幅　布面油画　50cm × 60cm

# 写生心得

1995 年 11 月 29 日下午

*看了格列克的画集，又给了我深深地启发——要越过色彩的表面，去表达更为崇高而博大的意境——梵·高也是如此做的！*

昨天中午与下午的写生中，找到了自己作画的节奏——这是非常重要的问题，如果不认识这个问题，而隐入不符合自己性情、内在节奏的方法中，肯定会吃力不讨好的，这几天画的不顺利的原因也就在这里。

在找到了自己的节奏之后，画的非常顺利、畅快，有时时生活在幸福之中的快感，甚至连生活中的一切阴暗的方面也令人体验到丰富的人生的幸福！

这个愉快的感受的出现是由几天的沮丧包括体力上的不适换来的。

今天在作画中发现了一幅画中心部分的重要，中心部分若画得饱满充实，就会产生张力，向四面扩散，而中心部分画的松散，整幅画看上去就会平平，没有了动感。

还有一点就是要越过对色彩技巧的沉溺，在意识中要贯满更高的境界与目的要求。

## 致爱默生

1995年11月30日下午3时

**自信是英雄主义的精髓。它是灵魂交战时的状态，它的终极目标就是极大地蔑视虚伪和邪恶，有能力承受恶性势力所施加的一切灾难。**

今天也许由于回到楼里睡觉，又要办理离婚的事情，心情受到了无形的影响，上午返回平房，炉子与火炕又冒烟不止，邻居家干修理房子的活，弄得灰尘冲天，我无法开门，里面又被烟不断吞食，真叫人哭笑不得（还有楼上的门锁、电水壶等东西不断损坏，也影响了一下心情）。

还是照常出去画，但画得一塌糊涂，色彩的关系怎么也画不好，下午画的这幅也没有出现好的效果，只觉得笔触零乱，色彩乱七八糟，真觉得自己又要怀疑是不是不具有画油画的才能了……

自信是英雄主义的精髓。它是灵魂交战时的状态，它的终极目标就是极大地蔑视虚伪和邪恶，有能力承受恶性势力所施加的一切灾难。

朋友啊，千万不要见了恐惧就降帆！乘风破浪进港吧！要不就跟上帝一起扬帆航海，这样，你就不会白活一场。

英雄主义的特征就是锲而不舍。人人都会心血来潮，慷慨一阵子。然而当你选好了你的角色，那就承担它的后果，不要打算当个软骨头与世无争。英雄不会是平庸之辈。

我认为一个人能走的康庄大道莫不是受他自己心声的指引，让他放弃过多的联系，在他所赞同的进程中站稳脚跟。在默默无闻的职责中不断保持单纯高尚的情操，这样做正在把性格锻炼成这样一种气质：如有必要他愿意在骚乱中或绞架上光荣地工作！

——以上为爱默生语。

# 反思于热情之中

1995 年 12 月 1 日下午

思想是否深刻才是更重要的。

这两天，从十多天前的热情中冷却下来，绘画遭到了深入不下去的抵抗——我最大的隐蔽之短处暴露了出来，耐力不好！许多年来，无论在哪方面，我都在此抗不住而溃退下去！今天，这近乎残忍的再次打击，决不可放弃！决不可软弱！咬住牙一寸寸地顶住，调整好身体与情绪，干下去。而静下来，常常在暗中反省思想是否深刻是更重要的。

北河堤远眺　布面油画　50cm × 60cm　1995 年

# 只为艺术

12月2日早9时

昨天玲子回铁力接乐乐去了，一下子剩我一个人，感觉特别愉悦，好像这独自的空间又重归一人，可以随意集中，随意散开，随意深入或浅出了……

我一整天都在独自漫想中度过，这中间画了几笔画，看了几页“现代艺术”的文章，又深深地反省了许多年的缺乏大思想、大智慧的损失，到了晚上，也不想回楼里。晚上八九点钟，隔壁的老太太的咳嗽把我弄得心情开始坏了起来，便又思考起要不要明春自己盖房子的事来，同时也考虑这几天怎么忍耐下去的问题，真的把人逼到一个死角的感觉，进退不得，都是婚变带来的烦恼！

后来想到了一个接房子的办法，画了半天草图，心情算是渐渐平静下来了。

深夜与清晨都想了不少问题：

一是我要改变各方面不如建桥的意念，今后从各角度都要以过去的不幸为幸事，变为财富与动力！从而可以蔑视建桥的狂气，把自己的内气培植起来。

二是想到一个至关重要的过去忽略了的问题，即：一个人的“神经”是否坚强有力至关重要，神经脆弱、软弱，会导致许许多多的失败与不幸！

三是要定下心来，画十年不出山，只为了艺术、色彩本身！

四是从现在起，每天看一段艺术理论书。

## 灰色引发的联想

1995年12月16日上午

天才就是持久的耐心，独创就是意志，和认真观察所付出的努力！——福楼拜

今天10：30出去画前一段未完成的一幅风景，开始用了许多亮的漂亮的色彩，退远一点看，很刺眼，不舒服，便开始用灰色压下来。在压灰色中，忽然想起一句话：

“不断激动地画灰色！”这样，可能就会画出油画的奥秘了吧——当然，决不能只追求表面漂亮的灰色，像哈市的刘冶一样，色彩漂亮得过了头，反而产生厌恶了。而我还想到，在画风景时，主要的调子要明确，颜色要让人感觉很少、单纯，在单纯中求变化，会有好效果的。

回来后，在火墙边坐着暖和冻得像猫咬的脚，想着自己的太可怜的才华，心中一阵悲哀，似乎有一种深陷下去的感觉，似乎我在油画上要沉陷下去了……

（可我心中却有充足的理由认为现在画的不多的原因是气候太冷了，一旦到了春天、夏天、秋天，我预感到我每天每天都会激动不止地画呀，画呀！）

翻看着梵·高的日记，他记述福楼拜的话：“天才就是持久的耐心，独创就是意志，和认真观察所付出的努力！”

用这三句话来衡量自己，便又获得了充足的信心。

最近一个时期，我在极力地反省、思考我个人天性的“弱点”。如果再没有力量战胜自己，就可以说在艺术上没有什么出息了。

风景写生两幅　布面油画　50cm × 60cm

荒草堤岸　纸本　炭笔　1990 年

## 寻找灰色

1995 年 12 月 20 日上午

这三天画的两幅风景画，似乎有了进展，我激动地发现了表达灰颜色的乐趣，在景物面前，心情激动得似乎可以变为一个画画的疯子，想到抛开一切身旁的杂事，一个心思只在画画里。

要想把这种热情与感觉保持下去，就是要在根本上打消要把每一幅画画成功的念头，而要树立的念头应该是：——客观的无尽的“灰”我永远表达不尽，只要我的眼睛还在搜寻灰色，那么，感觉就会永远生动地保持下去，那么，画面就会在不知不觉中完成。

这两天晚上看《西方哲学》一书，从古希腊人那里感觉到世界无穷的奥秘！哲学家的深奥的大脑，这个世界的学问太广博无穷了，由此，可不会陷入单纯的简单的艺术小情感里面去！

要说理想，我现在可以说完成了小志、中志、“胸怀大志”，那这大志从现在开始可以说已经进行了两个月了，那么，从今的每一时辰、每一天、每一年，从生活细节到生活秩序，以及各方面的克制，都要极严格地遵循一个为着强健而稳步向上完成作品的要求来做——不多喝酒、不贪欲、不熬夜、不吃过饱，定时起床锻炼，定时画画、读书，不要怕慢，恰恰在“慢”中有大学问、大奥秘，这样，就可以在 50 岁时完成初步油画、书法几方面的要求，可以旅游二年，然后盖个房子，再稳稳地画 5 年油画之后，就是国画、书法了……

## 计画·总结

1996年3月30日早9时　大雪飞舞

*尼采会给我力量、意念、作品格调的要求！*

画玲子速写　1995年

身体恢复了元气，强健（过去伤元气太多了）。

油画风景、静物、人物等画出自己的风格。

书法也写出了沉厚的古人气息，又具有个人的风格。

生活状态：自律的锻炼等。情绪容易激动，自制力过弱。

油画的进展：近期画出自己的方式，内在的节奏，与一些规律的要求，即：无论一幅画是用多长时间完成的，每一次每一笔都要放松地有感觉地生动地去画上去，不要计较与顾及是否正确，是否符合整体，或什么明暗、透视、虚实——如果这生动的感觉与方法一直不断画下去（你心中有深刻与持久的要求），画面自然会达到和谐与整体。

下一个问题即是画面上会呈现你什么样的精神力度了。这里面有一个最重要的思想意识问题——如果一幅画停下来时，或者说结束时，你是想结束在一个为什么人看的位置上，这

个位置常常是浮的，有时很高，距离你现时的程度很遥远，这样反而会使你产生沮丧的念头，从而怀疑或者减弱作画的能力与热情。而这一切问题都说明我们作画从开始到结束身边都站着一个人，这个人可以是梵·高，可以是毕加索，可以是弗拉曼克，可以是古典的什么什么人……总之，我们总是有一个准则，一个标志，来使我们绘画的船总是航行在被人探测过的海面上，从而受到安全的保护，也在海面上的被监测的遥控器，随时掌握，让你不要走得太远，太险，因为，整个洋面上在经过规律性的生活时，切不可不经常提醒自己“沉下气来”压下气去（因为我是一个天性浮躁、急功近利、喜好小情小趣、思虑复杂、欲念太多的可悲的人）。年龄与阅历告诉我，应该获得对自我新生的自信与力度。因为时间还来得及，上帝、主还是赐恩于我，为我保留着这十年的时间的机会，因为这十年我的体力、精力、头脑的反应都还是敏捷有力量的。那么，十年后再若是苍白无知、无识，就无脸面见人了。该沉下心来，一年读一本重要的书籍，十年也会读十本重要的书，就可以在青年人面前说，我是一个具有学识与人格魅力受到一点尊重的老人了。

切记：读书不要忘了做笔记！

1996 年重点：读尼采，辅助：西方画家介绍，达·芬奇论绘画等。

## 梦境的表达

1999 年元月 1 日

*视网膜对同样的方法厌倦了，它要求惊人的东西！——马蒂斯*

临近 1999 年一天早晨，画玲子在睡觉时的速写，她在梦中笑了起来，我一下子顿悟：人生的另一个世界也是有美好的一切，而现实的世界也应在艺术上生活在梦境，艺术作品应当是梦境的表达！应当是超脱于现实的具体形而下的情感精神，这样，又连续画出了几幅大素描，令我吃惊地感受到由于一次观念的顿悟，竟然在艺术上有如此的变化。

待到春节后画油画时，还一再出现灿烂的纷演的场面，我自信，能产生无数的灵感，会有画不尽的题材与内容！！！

圣诞节这天，收不到一个贺卡，收不到一个电话，收不到一个邀请。而今天，全世界的文化人都在忙碌、兴奋，要度过一个狂欢、幸福的夜晚，我的心被深深

大河套系列　纸本　炭笔　40cm × 140cm　2002 年

地刺伤了。

好在这个痛苦伤心的圣诞节我画出了一幅令我激动万分的大风景素描。

通过这幅大素描，我逐渐明确了我要出现的独特的面目是什么：“北方风景、雪景，荒凉、悠远，充满伤感、孤独与善良的愿望。”

题材是地域的，境界是大师的。

我感觉到，或者说理智地认识到：需要集中两年的时间，全力地画！画！画！把这些年的积蓄画出来。

不能散开时间，不能被别的事情干扰！

——我的绘画要出现的就是新的东西，独有的、新的又深沉的东西，也是要使人迷醉的作品。

重要的是终于越过了印象派及梵·高等表现主义的影子！

## 视觉形象的意义

1990年6月5日晚12时

希腊人说：好奇是知识的开端；一旦失去了好奇心，我们的知识就会陷入停滞的危险。

北山小景　布面油画　50cm × 60cm　1990年

读《艺术与幻觉》一书与《画面构成技法》，首先是构成技法一书最后的素描与色彩作品，令我激动，这些作品是跳出写实——感觉的规格，进而到知觉，有意味地追求幻觉的各种各样的有意味的表现……

我更喜欢快些走到这一步！

又看《艺术与幻觉》一书，开头就有这样一句话：……似乎幻觉与艺术毫不相干，因而必然是，不折不扣地属于心理学！

这句话对我震撼太大了！无疑，这几年与建桥接触，从学养、读书、境界上都有关键性的认识！

但是，他们毕竟是诗人与文学家，更多的是强调心灵！心灵，古典的崇高、优美，而绘画艺术应该是知觉度与有意味的形式，我现在必须马上跳出他们的框子！

（其实，早就有所不同争论，只是我现在百分之一百地明确罢了。）

从来没有一个时代像我们今天这

样，视觉形象从各种意义上说都变得一文不值。

第一次向我揭示形象所具有的力量和魔力的，不是委拉斯开兹，而是我在识字课本中发现的一个简单的图画游戏。

希腊人说：好奇是知识的开端；一旦失去了好奇心，我们的知识就会陷入停滞的危险。

艺术语言谈论可见世界的方式既如此明显又如此神秘。

从好的心中的恬静、安宁，使我发现了绘画——视觉上的美、一切景物的美……

我在绘画上，多年来是取法乎下，可我这个人又极有能力发现我过去取法的不足，故西方的艺术大师的作品不断地看到、认识到，也就不断地丢弃一次次的认定（假）的艺术！——所以，至现在还没有自我的作品出现，不是才能的问题，而是艺术认识的问题。古人说：观千剑而后识器，过去是只观一二只剑，且不是好剑，而自己又急匆匆想早成器，——现在，应该说是观千剑了（视觉上），思想上应该说是反反复复地思考过了，心灵上，应该说是明晓了崇高与优美了……

——只是，今天，我又晓悟了一点，性情上只有做到恬静、安宁，方可以作画了。

而在书法方面，应该说，一开始便是取法乎上的，最早接触的碑帖就是中国最高境界的艺术，加之我的经历与性情与之吻合，故能够达到一定的程度。

就目前一二年来说，生活（钱）已不是很大的威胁，身体也可以，其他杂事也不多，该一心作画了。

# 论拉斐尔与安格尔

1991 年 5 月 20 日

**拉斐尔与安格尔是艺术界人人熟知的两位大师，就安格尔与拉斐尔之间的孰高孰低试做以剖析，以锻炼自己对艺术作品的鉴赏力与判断力。**

先从安格尔说起。安格尔老人家在描绘对象的时候，心中想到的只是执著地沉浸在要表现过去了的大师手法的尊敬与再现的幸福中，并且他有怨恨与屈从，有非要与时代违抗的意志，有过分偏执的性格，才会有意志上的自负（艺术家不可滥用意志），因此，安格尔笔下的人物是僵死的，虽然他对着活人写生，可他使用的是已经过去了的时代的技巧，他把技巧看得比对象真实的活力更重要。对象在他眼中只是完成他技术理想的工具，而不是把表现对象的灵魂、活力放在首位。也就是说他的灵魂太冷漠，空气太稀薄，他偏执的意志使他太缺乏画中女人应有的温馨与温暖气息，正如波德莱尔所说：看安格尔的画像是隔着玻璃看试验室的标本一样。（我是在写完这篇文章后才看到波德莱尔这段话的，因为波德莱尔当时能看到安格尔的原作，所以感受就会这样直接，而我在 2000 年春到法国巴黎见到安格尔的一系列大作时才验证了我过去的判断一点也没有失误。）

而从拉斐尔的每一幅作品都可以感受到他那个伟大的时代环境与气氛，他的作品就像鼓荡起来的帆船，由时代的海浪与信风推动而行，舵手只要把准航向就可以了（而安格尔呢，他是把这只船放在陆地上——几百年后的陆地上，在船舱里做着、想象着在海上航行的样子）。拉斐尔的技术产生于时代的要求，而且那个时代的技术刚好发展到使用那种表现的技术程度。拉斐尔并没有因为自己发现或使用了这种技术而暗自惊喜不已，没有背上这种表现技术的包袱——因此，他的作品的人物是鲜活的，有力量的，极其有力量的。这个力量是精神的力量，是他的作品背后整个伟大文艺复兴文化蓬勃的力量。

看吧，拉斐尔笔下的女子的眼神、嘴角与手势带有真正的女子的典雅、优美，那马上可以转动的眼睛，那稍一触动就会变化弯曲的眉毛，那呼吸着幸福清新空气的鼻翼，那浑圆的肩膀，宽大的披巾折成的条纹围在胸前——她是一个幸福的

夏日的山林　布面油画　70cm×90cm　1997 年

南山之春　布面油画　65cm×90cm　1992 年

安闲的女人……

再看安格尔笔下的妇人吧，他描绘出 19 世纪上层贵族妇人的肖像，个个华贵、慵懒、无所事事、无聊与空虚！他为什么要描绘这个主题呢？因为他有描绘的技术和能力，只要我们的眼睛停留在他笔下人物脸上，只一下便会被他刻画服装的精细、逼真肖似的表现能力吸引并发出赞叹。随之就是产生厌恶——多么俗气，19 世纪末的堕落，人类走向精神崩溃的征兆。

安格尔的妇人肖像，让我想到女作家奥斯汀小说《爱玛》。奥斯汀具有细腻的描绘人物与情节的天分，她让我们在她具体入微的描述中得到艺术上的一些美感，可合上书本，心中往外涌出的却是对她书中人物的恶心，对贵族无聊透顶的生活的厌恶！她们由于过多的财产与庸俗的教育，使她们生活内容就是整天的喝茶、闲谈、y说笑、坐马车、得感冒的病，心中空空荡荡的没有激情，没有创造的平庸的病。

让我们再来看看拉斐尔笔下的圣母像吧，他描绘的圣母像在世界享有

盛誉，并且深入人心，深入所有对母亲、对慈爱善良怀有感激之情的人的心中。不用说，这种人类心灵中最深沉、最美好，对每一个男人、女人都感恩不尽的情感由拉斐尔用他以高度的技巧表达了出来，人们沉浸在这种高尚的温情之中，似乎已经把他的技术通通忘却了，这是拉斐尔作为大师的最成功之处。人们往往忽略了拉斐尔另一幅作品《波尔哥的火灾》,我谈这幅作品之前不得不先谈谈他的《雅典学院》。《雅典学院》是他的另一代表作，多么宏伟，多么壮观的时代啊！感激拉斐尔，他描绘了人类最高级的智者、哲人。人类是由这些智慧的哲人统领着灵魂的，他没有在这宏伟的大厅中装上教皇、武士、军队与残虐的刀枪——他描绘的是人类凶残、愚昧的另　极。啊，人类若是能够按着这些智慧、哲人的思想来生活，安然地生活在地球上，该是怎样的祥和与幸福啊！可惜，人类这个由造物主在陶醉之后生下的怪胎，在降下许许多多的幸福与欢乐的同时也降下许许多多的灾难与不幸。让我们来看拉斐尔的《波尔哥的火灾》吧，这幅画面充满了惊慌、惊叫、恐怖、奔逃与祈祷（就是在这样灾难的画面中，他也描绘了不少漂亮、健康的妇女）。这是人类的厄运！人类必定要遭受上天惩罚的灾难。诗神说：“为了生活与感受，人需要流泪。”能否感受到深刻的人类的命运的主题，这才是大师应有的灵魂。我理解的命运的悲剧是一个思想者精神与肉体都将受到的摧残、折磨与不幸，而且精神上更加剧烈！人生是极其幸福而又极其悲哀的，人类是在悲喜剧的交替下，一步步走到生之河流的末端的。

无疑，作为拉斐尔的时代，他感受着更多的是整个城邦，整个国家的悲剧，而不必把自己个人心中的悲哀表现出来，不能要求他这样做，拉斐尔心中的快乐远远多于我们的快乐，拉斐尔心中的悲哀远远少于我们的悲哀，他生活在一个多么伟大而精神能够得到满足的时代啊……

那么，作为呼吸着污浊空气的艺术家，你怎么可以能不更深深地感受着生命的悲剧呢！艺术家需要具有悲剧性的忧郁感，如诗人。济慈的诗中所写：“啊，就是在欢乐女神的圣殿里蒙着面纱的忧郁也有一尊之地。”

——忧郁之神啊，你的音乐多么甜蜜！安格尔远远没有做到这一点，“他的精神的活动中有一种空白、匮乏和柔弱，他在学院派的智力锻炼中已迷失了大师的想象力”（波德莱尔语）。

他的作品题材有两大类，一是用已经被过去的大师使用过的技巧描绘已经表

现过的题材，如：圣母、礼赞之美……再就是前面已经批评过的那些男人、女人的肖像，在这些作品里只能感受到甜美，俗气的甜美，这足以迷惑许多人的心智了，难怪波德莱尔又说：“他（安格尔）来到世上说了些什么呢？他为绘画的真谛补充了什么新的东西呢？”就是他最负盛名的《泉》，如果拿浮雕《命运三女神》来比较，他的《泉》就马上失去了活力，失去了性灵，失去了鲜血、呼吸与魅力了……

那么，简·奥斯汀呢，她一生六部小说，几乎都是描绘同一主题，贵族的空虚生活与缠绵，没有活力的爱情。歌德也描写爱情，“亲和力”也述说的是贵族的爱情。可歌德笔下的人物显得富有人格的魅力，在本性上善良、高尚，最后结局的悲剧令人思索，思索出许多令人品味不尽的东西。

歌德是一流的大师，当之无愧！

关于拉斐尔与安格尔的比较与论述可以暂告结束了，由此，我们可以对当前我们身处的时代与艺术做种种类似的思考，艺术不能重复，不能忘记与隔离自己的时代……

# 体味梵·高

1991年7月25日早

读梵·高的传记与写给提奥的信令我不胜感动，梵·高从灵魂到肉体都是纯粹、美好、高尚的人！要想画出好作品，而首先必须你是个这样的人。

今早醒来想到：这样的人是个什么样的人呢？——是伟大的人！这伟大的内涵就极具丰富了：意志、宽厚、高尚，没有忌妒心，没有报复心，没有计算别人的狭窄心，没有平庸的行为等等。

而只有向善、向美、向这个世界说出自己必须说出美好的话语。

昨天，突然感到从心理、身体两方面都空乏之极，什么热情、什么感应、什么感觉也没有了，什么也不想见，什么地方也不想去，什么话也不想说，只是空乏，一个劲儿往下沉，轻飘飘地往下沉。此时，看路上的任何人也认为他们的精神与我一样，对人生、对自己充满了无聊、厌倦、无奈感。

惟一能使我提起兴致的是若能看到一台希腊剧或戏剧，或交响乐演奏，或众多的贵夫人在沙龙里接待我，还可以使我激发些情绪。可这一切都没有，荒凉、没有文化的这个山城，只有晚上我一人喝点闷酒，往回走时，被公安局的人当成逃犯一样的审问，他们哪里知道艺术家也是这个样子呢！我嘲笑了他，虽然在我最后告诉他我的大名后，他一再道歉，可我也哭笑不得，乘着酒兴，哼着歌回到了家。

盛夏的南山　布面油画　60cm × 70cm　1995年

## 重读《提奥》

1991 年 8 月 18 日下午星期日

巨大的忧郁、浓重的忧郁几乎要把我压倒……浸在门德尔松的交响乐中，这时候看天、看云、看山、看水、看草都是那样的忧郁，啊，浓重而优美的忧郁……

回到六层楼的房子，一个人静静地打开音乐，观赏着这超过我的热情、力度、活跃、生命力，生命力远远超过我，我急迫地想要画大幅的作品，画北河的交响乐章。我现在惟一能画的就是荒凉北河，我熟悉的与我心心相通的北河。大师的音乐里面有一层欢乐，深沉的文化与精神很辉煌的欢乐，我的作品若过于苦闷，就难于表现博大的美了。

刚读了几页《亲爱的提奥》，受到两点启示：1. 不要自怜，要忍耐，忍耐，忍耐一切痛苦，并且要轻松地忘掉它。2. 要画无数的素描才能把对象表现好，我现在却是只想画一个月就画出杰作，可梵 · 高说最低得画一年才能好一些。

与梵 · 高不同的是，当代的画家要忍耐家庭（小市民）带来的无聊与痛苦，忍耐整个社会的冷落，妻子朋友的冷落，忍耐来自不知什么原因导致的使嘴烂上几个洞，痛得吃饭很困难的痛苦……

南山初秋　布面油画　50cm × 60cm　1996 年

南山风景　布面油画　50cm × 60cm　1992 年

# 艺术史予以的启示

1991 年 10 月 30 日下午

绘画的奥秘在于你能够平静下来，千万笔地一点点地画下去，想到库尔贝、卢梭等等大师的画，却是宁静而千万笔地画完的。

只有宁静，不管任何运气和挫折，都顽强地寻找自己独特的语言，一一点点地“杀”到份！

绘画史上两次重大的谬误，把绘画引向了歧途：一次是文艺复兴时期的达·芬奇（包括拉斐尔、米开朗基罗），他们一再强调的是把绘画引向科学，比例、解剖、透视、素描、色彩……一次是 19 世纪的印象派，最主要人物是莫奈、毕沙罗、西斯莱、修拉……他们发现了色彩的科学，把色彩引向了客观——然而，艺术是主观的，最本质上是主观的。艺术要表达的是本质上心理的真实，而不是科学上视觉的真实！

这两次谬误产生了学院派，产生了无数个强调科学的平庸的艺术匠人！虽然许多人还是冠以大师的称号，但是，他们是达·芬奇与莫奈思想的牺牲品，虽然他们以超人的才华与巨大的劳动，博得了巨大的声誉，想一想，这些人若是不被素描、色彩的规则束缚，从而发挥想象与视觉、心理上的自由，世界上将会增加多少美妙不可言的图画——绘画应该是想象的艺术，随后是心理与视觉夸张的艺术，它可以被看作是不雅、荒诞、没有规矩、缺乏真实，但是由于具备了自由，那就可以使其他一切的要求都无足轻重！

## 感受聂鲁达

1994年2月28日中午

*回忆与遐想已足够使我的心激荡，像那海潮，一忽抛向天空，一忽沉向深谷……*

从聂鲁达身上，我再一次认识到做一个诗人、画者，必须“纯真”，必须“博大、仁慈、宽厚与辛勤”！

我竟然被他本人及诗深深吸引，可却不具有诗人的才华，而且慢慢体味，惟有油画那散发着油脂香味的一笔笔的画，才真正使我销魂！所以，我肯定会尽快地迷倒在油画架上——还有一个重要的认识就是，聂鲁达说：没有前一代的大诗人的总合，就没有他！那么我来到北京才刚刚半年，所有背景，能够给予我的重大影响（每天的影响）的人还没有出现，我的油画怎么谈得上到要很快画好呢？如果我不急躁的话，就慢慢沉稳地多方面地学习，吸取北京所能给予我的一切极有价值的东西吧。

昨天我在用铅笔描绘窗外的小树林时感受那一个形成许多树在一起的树林，像人群一样生活在一个很远的环境里，人们彼此不感到孤独。试想，在山头或街头，或原野，只有一株树，那将会多么孤零，沉寂得可怕，而那枝条的互相连结，像人与人之间发生的呼唤。

——人与自然界的植物一样需要温暖、爱与友谊。

在我午睡前的一瞬间，我的思绪回到了过去下去过的深深的矿井底层，那里有一代代无数的挖煤工，在井下只有眼睛发出黑色钻石一样的光，而整个脸庞、整个身躯都与漆黑的煤渣一样融在一起。——提起他们，再加上漫漫的人生路上留下的无数的村落，无数的市镇，为生存，一代代默默不响一声而告别人世的人。

我再面对自己的虚荣与怨悔、胆怯与脆弱，无法自容，也明白了我是极不合格的人，更无法做一个合格的“艺术”之徒！

慢慢地在思绪中思索、回忆、遐想人生，觉得一股无言的酸楚涌上鼻翼，人生像那海边空阔而又阴沉的风，萧瑟刺骨，海天浩浩，不见任何人的踪迹，也不见了白色海鸥的翱翔。平凡日子里的喧闹人们热烈的话语伴随着双肩与柔韵的女

人的双腿，阳光照耀在浪头上，斑斓的阳光与迎风而舞的桔色的服饰，这一切，都在另一天，海风阴怒的天空消失了，我觉得回忆与遐想已使我富足！

回忆与遐想已足够使我的心激荡，像那海潮，一忽抛向天空，一忽沉向深谷……

我现在全部的焦虑在于尽管我总在努力，总在寻找却还是没有自己的思想，自己的文章。自己画出的一幅自然的模样，像一堆还没烂掉的废铁，未能雕镂造成形，便被丢弃在一旁。

窗外　纸本　炭笔　20cm × 30cm　1997 年

南山杂树林写生　纸本　钢笔　50cm × 50cm　1997 年

## 临画之所想

1994 年 3 月 8 日晚

——不可及其愚！才能做画家！

从昨晚开始用钢笔临米开朗基罗的天顶壁画个别人物，以感受其视觉强度与构图的大气。

临了几幅之后，深深被这巨人的绘画震撼了！他的宏伟博大与精微简直是奇迹，是上帝之手帮助所成！

从中还有了这样重要的体味——大师要完成如此宏大的工程，他怎么有闲暇去享乐生活呢？怎么有时间在与女人的交往上支付情感呢？——大师们在创造千古之美，自己却不能够在生活中享受美！相辅相成啊！

另一种感受就是："产生绝望感，相比之下，如果不是巨人！不用巨大的劳动去创作，就什么也做不成！"下午去散步，在商场见到眼花缭乱的生活享乐品，又不免感叹——何必呢？这样清苦！能怎么样呢？

偶尔翻一画册，见到博纳尔的一幅，我连连说：色彩真美死了，迷死了，我定要迷恋这博纳尔的色彩！！定要尽快长期十年的这样画！！！——最幸福的人！

## 塞尚的重要性

1996年6月1日上午

**我的一生精神、情感的旋律基点是：忏悔！忏悔！**

**总要求自己：纯静！纯净！**

塞尚的重要性，不在局部的技法或整体的技法怎样耐人寻味，而是他提出了一种新的绘画观念，新的思想体系（在这观念与观念区别开的大师之间的其他大师就是视觉语言方面的独特性来区分的了）——做哪种类型的画家，一看其天分，二看其思考力如何……

我目前处于一个刚刚要打开色彩奥妙、丰富性的时刻，所以我既不能做观念性上的转变，又不能做视觉独特的画家。

我现在只有由着性情与观察能力的深入，放松地画上一年，才能有别的变化。

但是，对于生命的思考，对于哲学上的学习，对于种种方面的修养也不要放松。

前几天，在作画时，突然想到了宗教思想——敬畏生命、敬畏自然、敬畏人事！从事绘画事业，切不可有个人功利欲望，一定要虔敬，感激上帝，感激生命，能给我以如此丰足的生命与情感，给我如此丰富的丰厚的生活、饮食、女人！如果对此不发出切实的感激之心，那么，绘画是不会真诚的，不会打动人心的。

建桥的画过细的笔触令人生厌，塞尚的画过粉的效果令人遗憾！

因此，我觉得迪菲身上的无欲、无躁、坦诚之心是极美好的，但他蔑视生活、蔑视勤奋地工作学习，又是不可取的。

建桥身上的严谨、勤奋、克制、思考都是珍贵的，但他过分的自我扩张之心又是很令人不足取的。

我的生命历程、遭遇使我比一般人能更深深地感激上帝、主，生命之神又赐给我如此重生、旺盛的生命。那么，还要什么个人私欲呢？一切都豁然大度，顺其自然，勤奋地努力，多多做善的事业！就是对生命、主最好的回报。

静物　布面油画　50cm × 60cm　1995 年

# 柯尔恺郭尔带来的苦闷

1999年元月28日晚

*艺术是哀歌，是悲曲，是作画者在灰蒙的天空下无所傍依的孤树！*

这几天陷入被环境、家庭束缚的苦恼中，反复看《廊桥遗梦》的小说、电影，深深觉得自己生活的方式太枯燥、太单调，缺乏艺术生活的激荡的机会……情绪低沉极了……

（加之读柯尔恺郭尔，他的悲哀意识、悲剧思想都影响了我的情绪。）

晚上9点出去走，去河西的浴池按摩，出来后，忽悟到：这些年轻的男人付出这么大的努力、代价，才能给予他们愉悦的生活，生存且还顾不到，可他们却为我付出流汗的劳动，我不能毫不珍惜，继续伤感、苦闷下去，把身体搞坏，也太对不起各方面为我付出的人——故此得出一句话——所有的艺术家、诗人、哲学家精神上都是不健康的，病态、变态的，他们大都是在生活中有种种不幸、不如意的人，便把精神转移到艺术、哲学劳动上面来，可以说，他们为人类贡献出了伟大的作品，可由于内心的脆弱大多都是多病、早亡！

面对命运种种的不如意，都应极坚强、平静，把这一切的不幸都看作是合理的、应该的，从而要转向追求内在的东西上面去。安然，平心静气的努力每天去创造生活！

歌德说：“不能每天去创造生活的人，就不配享受生活！”

——要有活力、热情、耐力，要追求体魄动物性的活力！

艺术是哀歌，是悲曲，是作画者在灰蒙的天空下无所傍依的孤树！

有谁能够及时地伸出一只援救之手，把你绝望的心，把你已经经过漫长的艰辛快要耗尽生机的躯体注入鲜活的力量！

艺术之花能够在几多幸运者的头上开放，那沉默不语的大树啊！

# 赞美法兰西

2000年5月6日早于巴黎93区花园酒店226房

**赞美法兰西，啊——伟大的国家，艺术之皇冠的民族！上帝垂爱的人类！在视线所到之处美丽的少女像树叶一样多。**

巴黎罗浮宫，伟大而令人惊魂动魄的艺术殿堂，德拉克洛瓦、籍里克、鲁本斯、大卫、伦勃朗……这些巨幅的大作，令我目瞪口呆，然后热血沸腾！他们不是在作画，而是向人间、向上帝挑战。惊人的巨作，非凡人可以做到！——只有神！神意附在他们身上，才可以如此惊人地产生这些巨作！

美术史的视觉形式发展到梵·高，像一部交响乐已经演奏了半天，低沉的旋律，突然变调，激昂起来，可以说是，前无古人，后无来者！

奥赛，辉煌的奥赛！梵·高的一幅风景使我顿生一身冷汗，我全身凝固，这幅风景应该是奥赛的博物馆之魂！还有雷诺阿的一幅风景，深厚、浓郁、充满激情，一下子说不过来的杰作，令人心神眩晕，呼吸急促。

而此次同展的法国画家的作品，让人知道了法国的文化底蕴在何处，许多画家的作品雅致、浪漫、明亮，与面包奶油很相似。优美与浪漫是这个民族的天赐特征，气度不凡的男子、充满活力的少女、街景的装饰，既庄重又典雅，加上一条充满诗情的塞纳河，还有那到处可见的大教堂，看也看不完的艺术博物馆，令人心醉神荡……

来得太晚了，见到了法国的文化，见到了历代大师们的原作，才使我知道自己应该行走在艺术之路的哪个台阶上，——艺术必须惊人——惊人的美好与形式——但绝不能重复任何大师们的样式！

艺术家必须具有两个背景，一是生活背景，一是文化圈子背景，我与于天成兄谈及齐白石的成功范例，同时也醒悟自己该如何去做。

文化生病了，艺术家最大的病就是过于自我，艺术家的悲剧，就是渐渐陷于小我，只看重自我高于一切，从可见的作品中我悟及艺术家的乐趣应关注在对象身上、在创造力上，如此，即可转变为乐观的结局，像歌德、米勒、莫奈、齐白

石、黄宾虹，把文化人生病的毒瘤割去，继续做文化人，但是是一个健康的文化人。心里很难说是什么滋味，来到地球的另一面，这样陌生的另一个世界，似乎这里才可谈幸福与快乐……

今后该做的事应该是真正吸收本民族的文化，东方的神韵、悠远、冲和、萧散，加之西方的绚丽、明亮、激情，将不可偏颇……

转换心致，由悲剧人生转为喜剧人生！

找到创造激情的原点，与卖画之点！

让众多的人喜爱、知道你的艺术，才会获得艺术的生命与生命的快乐。

静物　布面油画　50cm×60cm　1995 年

# 再读梵·高

2002年11月30日于京北上苑宅中

神灵啊！请恩赐给我灵光，照耀在我思绪板结的脑壳上，让我自己重新焕发出绚丽的异光色彩。

需要思索与记录下来的是：

关于精神背景

文化背景问题

东方的？西方的？

再读梵·高——

梵·高的生活文化背景很深厚，他早就亲眼见过诸多大师原作，读过许多名著，见过许多当代大师，加之深厚的情感、毅志、智慧的头脑……这些成就了他！梵·高的精神背景主要是宗教——上帝——爱——善——崇高——忘我——建筑文化高峰！

梵·高的一幅风景画激起了我对油画风景能够产生巨大灵感的来源！调动起我沉压在如厚厚的灰尘一般之下的灵机！

——可如果这样画下去，能否像引发的泉水一样可以永不干涸？这样画是否能够算是进入“现代”当下？

我还有另外的才能：比如——作抽象画的欲望，把眼睛所感受到的一切都变为抽象的，变为大幅的表达——从自己的内心深处对世界上各方面的回应。这样的思绪与梵·高给我带来的激情有联系，可以互为变化、调整、表现！而与中国的“道”、庄子、儒学也会有沟通。

是否在十年之后人们会把表现城市题材改变为重新指向乡村？（因为会有许多有钱人会纷纷离开城市，寻找乡村的生活，从而把文化也转移到乡村去。）

# 中国画国家展与上海双年展有感

2002年12月10日至14日

中国古代传下来的真迹气息扑人，有真气留存在画面上。

双年展可视为艺术已没有了任何架上、画笔、色彩的界限，观念式的，只要有想象力、有新想法，即可作为作品参展，没有什么大意思！

设想自己将要创作的画面：主题形式

一、油画、综合材料

主题：居室为主

吸收马蒂斯的抽象、条块，夏加尔的虚幻、色彩丰富，金、银现代色彩，墨线、炭笔的综合。

二、宣纸：主题：植物、家居、人物

吸收范扬的大放松、大放肆

加之视觉色彩

基弗尔的力度

如若一种形式定下来，即三年不要变“定位”，遇到任何情况也不要改变。

三、油画风景

纯粹传统表现式的加之线性的渗透

——郁特里罗、梵·高作为背景

要对以上之诸种形式做出抉择，并做出深刻答辩，然后定下来。

——哪种形式可以成为世界性的一流画家？哪种形式是令人耳目一新的？

或者是让人觉得“旧中出新”？

——我的最好的资质在哪一种上？

我的最好的才能在哪一种里？

哪一种会使我不断充满激情，灵感永不涸干？

我的作品的意义何在？

价值何在！？

日晕　油彩　纸本静物　65cm × 90cm　1991 年

读拉斐尔与安格尔（一流的大师总是……

~~有安格尔与拉斐尔的作品~~

安格尔的人物是僵死的，在于他对待人写生，可他使用的是已经过去了的时代的技巧，他把技巧看得比对象还重要。对象在他眼中只是完成他的技术理想的工具，而不是把表现对象的灵魂、性格放在第一位。安格尔人家在描绘对象的时候，心中想的是沉浸在找着表现过去了的大师们的氛围中，并且他有怨恨[illegible]与庸人，有那与时代违抗的意志，有过分偏执的才气、性格、意志的偏见。艺术家不有过分偏执与时代抗违的意志——拉斐尔的技术产生于时代的要求。

~~看安格尔的作品就是在完全荒谬的时代的环境里，看到的走向了穷途末路的机械人~~

拉斐尔说，他的灵魂着色，大胆性，宏大辉煌，所以，也只能他的作品注入新的和与众不同的灵魂。

但是艺术家不可没有意志

# 创造奇迹与神话——梦想·生活

当身体受到疾病的侵袭严重的时候，当生命受到死亡的威胁的时候，对生命的深奥而甜蜜的依恋，对命运带来的种种不幸与快乐，都看作是美好而温馨的享受……

## 我们的居所与精神建筑

1989年10月28日下午5时

而我们却悄然地自己打击着自己的美丽的生命的活力，不屑一顾自我的形体的憔悴，而一再地苦苦地企盼，挣扎着为得到改善外在的房屋——同时，损伤着自然赐给我们的心与形体的精神建筑。

荒河岸边　纸本　炭笔　1990年

整个低沉而无活力的感应支配着我，几乎在微微掀起的去到野外作画的念头刚一闪动，便被很沉郁的神经重新罗住。昏昏沉沉地睡了很长时间，醒后也怅然若失，实在憋得厉害，便穿起衣服，走到了北河堤，浑身被冷风击得有些抵抗不住，不由得感叹：我们身体内那原有的与自然一样的蓬勃的生机，竟被人们消磨到弱不禁风的程度，看来，我为生存，不，严格的说，是为了“自尊心、虚荣心及种种并不真正是崇高，却以美好的衣饰下掩着的欲望付出了多么惨重的代价……”

细心回顾起来，当初住进这所房子时，虽然困难比现在小一些，可现在也没有更严重多少，当初却是生气勃勃地、心平气和地住下来了——现在，却从各个方面到了不能忍受下去的程度，考察起来真痛苦还不是居住

的痛苦，倒是新的欲望得不到实现的痛苦——简直痛苦到了要舍弃身心的健康，以悲惨的景象展示给人，以换得同情，以致对政府引起公责的程度——我再内省一下，这一直向着生活的外缘寻求美好解决的途径，这一直向着很不勇敢、很不能承受前途打击的解脱方式，是在反向进来，是我们生活的内核缺乏一致的同生同死的默契，缺乏挖去层层活泥而见到坚实的爱的美丽的岩石……

试想，你与我都能有着崇高而优雅的心智，都有着健而美的形体，都有着对世俗不屑一顾的超然，那生活中的种种艰难，与世上的嘲笑，已不是令对手们自叹可悲亦可怜了吗？

而我们却悄然地自己打击着自己的美丽的生命的活力，不屑一顾自我的形体的憔悴，而一再地苦苦地企盼，挣扎着为得到改善外在的房屋——同时，损伤着自然赐给我们的心与形体的精神建筑——欲望带来的种种痛苦，是为被高于我们之上的种种快乐所诱惑，这种种的快乐，来自远离你生命本体的人类的装饰品——人类为着这种种装饰付出了太多的代价，以致在他形体成为一具骨骸时，还在身上饰满发不出光芒的珠宝，他本来就知道赤裸着健而美的躯体奔跑在海滩，有太阳为他照耀，有强风吹拂他的四肢的欢乐，有波浪托载着他，一泻千里的欢乐，有奔跑在天空、大地、气层和海水之间的欢乐！可是这自由而奔放的欢乐，似乎距离他愈来愈遥远了，因为愚蠢的现实的要求已经深深地缠绕住了他的可怜的肢体与心灵了……

# 我对抗性的生存方式

1989年12月26日

当身体受到疾病的侵袭严重的时候，当生命受到死亡的威胁的时候，对生命的深奥而甜蜜的依恋，对命运带来的种种不幸与快乐，都看作是美好而温馨的享受……

我领悟到，向命运与疾病抗争，过着完全与常人不同的生活，是我的特殊的生存方式，不要强与健强的人相比，命运没有赐给我轻松地躺在帆船上顺流而下的宠爱，我必须时时在水中奋力划动，决不能一刻停下来，而我相信，这样，在达到彼岸的过程中，我就会有一双强有力的臂膀与强健的体魄再加上坚毅的精神了……

在逝去的雪野里混合着记忆与欲望　纸本　炭笔　70cm × 140cm　1990年

# 与建桥谈艺术

1990年1月16日

与老朋友郑建桥

*不论形式怎样变化，艺术家的劳动必须是严肃的、辛勤的、优美的，不把握住这主线，就容易走偏，就像毕加索的某些作品，有些变形似乎不好看，但总的都是极优美的……*

为了将来给孩子们读，我要记下从昨天中午到夜间我生活中发生的事情：最近一个时期，由于我陷入了杂乱的为生活的奔波之中，不知不觉的整天脑子里盘算的都是很具体很具体的生活中的事情，而绘画，那样热烈奔腾的情感的岩浆，都像是隔在厚厚的透明的屏幕后面的触及不到温度的景观了……快近中午了，我随手翻起了埃斯库罗斯的《奥瑞斯提亚》，立即又被古典艺术的质朴与宏伟所震慑了，接着又打开录音机，用大音量播放帕瓦罗蒂的歌唱，此时，觉得长期被尘世的生活所压缩了的胸腔，又被扩展开来，我感叹道:经常解读大师的作品，就像经常拉弓箭一样，可以扩张我们的双臂与心胸，从而使它不会不知不觉地陷入庸俗与小家子气而萎缩……

这时，建桥来了，我留他在这吃午饭，因为他妻子外出已一个多月，

还没回来，而这临近回来的日子，却令建桥难熬过去……吃过饺子，我的妻子上班，我俩便随意地交谈起来——从现今中国绘画界现状谈起，建桥说：现今的中国绘画界与诗歌界一样，自以为是向前走，实际上是倒退，因为只是照搬了西方的外壳、形式，而没有真正的内容，西方每种艺术形式的产生，都经过很长时间摸索的阶段，而我们一下子把人家的结果搬过来，是没有一点自身的体验的……

我问：从西方的艺术发展趋势看，形式的变化有什么规律与特征？

建桥说：不论形式怎样变化，艺术家的劳动必须是严肃的、辛勤的、优美的，不把握住这主线，就容易走偏，就像毕加索的某些作品，有些变形似乎不好看，但总的都是极优美的……这时，我突然想到说：建桥，你应当用几年的时间写一篇严肃而深刻，又涉及艺术几个领域的评论，如：绘画、书法、小说、音乐……因为在中国像具有你这样能力的人很少见，特别是近几年你较广泛地阅读了一些大师的哲学著作，同时又没有放弃诗歌与绘画创作。——中国的艺术发展在近几十年好像总有一些偏差，我们需要你这样的评论家！……建桥也有这样的打算——这时，张立旗与爱人找到了我家，寒暄了一会儿，便一起去建桥家看画了……

建桥的画多的有些看不过来。他已走过了几个阶段，而一直没有偏离开自然这一点，在视觉上，他是个天才，在文学修养上他有着人们少有的修养，在做人的把握上，他坚毅、脱俗。立旗评论说：建桥是站在很高的位置，把我们多年追求的目标一下子表现了出来，而有些作品如表现了梦境……艺术就是梦。这对我很有启示，我作品中梦的意境太少了……

然后又回到我家，忙碌了一阵，便喝起酒来。建桥今天喝酒的势头很猛，谈话也很有兴致。我想，应该谈些有深度的东西，如果泛泛地应酬，就太俗气了，于是我把话头便引向了关于对艺术的看法上面来……建桥说：艺术家应该是上帝的天使，代表上帝的声音，他有着伟大的使命，使人类行善，艺术家应该像海德格尔所说——这是非常明确的，比如，艺术家描绘过的一个地方，以后被人类破坏了，而人们通过作品知道地球上曾经有过这样一个地方，画家描绘一片美丽的山林，而这座山林过不久就被人类砍伐了，而人们只能通过画家的作品来怀念这自然的美丽——所以，科学的发展，实质上是一把双刃剑，其一刃确实对人类造成某种意义上的伤害……艺术虽然保守，但却是行善的所为……

建桥又谈起女人，女人在他的心中永远是神秘的、优美的梦的化身。

他说：女人，你们既要作爱人的朋友、情人，又是妻子，才是理想的女人。

立旗说：在女人面前，男人永远是个孩子，永远不会成熟，而女人是冷静与成熟的，正因为男人这样，男人才能干出一番事业！

我说：伊斯兰经典上说：女人如同肋骨，你若想改变她，就如同折断她，而利用好，会对你很有益处……

接着，建桥朗诵起他新作成的诗，题目是《夏娃》。建桥说，敢于起这个题目，就说明要有极大的勇气了，因为历代大师都歌颂过。把他诗中的几句抄下来，让我们再享受一次吧：

在他和这个女性间有这样一棵树，仿佛伴随着思想和女性即将诞生的情绪，如黑夜的蝙蝠在月光下迅急地飞

女性手臂的旋律比睡眠更沉重，在他的颈上缩紧心灵里有羞怯和欲望的花朵

燃烧这个模糊的面影出现在他睡眠的意识中

比最细的银丝还要柔软的月色环绕着她的手臂

这个掩饰者再也不会因惧怕用缄默的花和叶遮掩隐秘的肉体，虽然掩饰更能为他增添奉献的乐趣

她的灵魂饮魔力的酒，沉入并盘踞

想象的是酒的影子，以为

那是固定的信仰套上的枷锁

意志在行为里

更多的是在思想上获得广阔的自由

那肉体仿佛生出天使的羽翼

自由的女性你的堕落是这样的美

那树在你无法隐饰的幸福之光下显露了出来

为善的欲望看来

比钻石和红玉更美

这一切都通过捏塑她双唇而呈现

只要他注视她

只要她的眼睛距他很近

爱好恶劣的品行也会染上忧郁的疾病

扫除虚妄的自是

自谀的希望心变成可怜的缩小的创痕

啊，逃避吧

他的注视犹如忧虑的利爪

虽然纯洁从未向肉体要求

情欲，是她自己在闪避射向谷中的晨曦之箭

是她自己不知道自己已经在一触之后成为光明的仆役

以至个人的自由

行动的自由、时间的自由，全部丧尽

把过去的爱好也都改变

……

——说真的，当初若不是有立旗夫妇在场，我真的要流下眼泪来了，这真是杰作啊，是心灵攀登到山峰再向天堂的遨游啊——

这时，立旗不断地与建桥握手，表示说今天才认识了建桥……然后，又谈起梵·高，谈到艺术中的技术与思想，建桥又翻开《亲爱的提奥》，随便读了一段："我确信我的病，更确切些说我的病的残余是不存在的了。艺术是嫉妒的；它不要我们丢开它而去选择疾病，所以我做它所希望做的事。充裕的时间已经白费掉，我的双手已经变得苍白了。像我这样的人，可以说是不允许生病的，所以每天从早到晚不断地认真作画。我不要谁再对我说，呵！这些都是旧画。"……我愈来愈对其他事情不感兴趣，我近来很少与别的画家谈话，虽然这样，我却一点也不在乎，人们所要谛听的是自然的语言，而不是画家的语言……我现在对艺术对生活本身，有一种宽广的感情，真令我激动，这一段对我来说是太好了，我也如此呀！每天在生病，在与死神搏斗，而意志总是不够真正坚强，其骨子里就还是对艺术爱的不深啊！

同时，我马上醒悟到虽然建桥能写出如此玄奥的诗作，却也同时被梵·高这简单的话语而打动，说明艺术的本质是在于人！而不是技术，只有做人到了梵·高的程度，一切灵感与作品才会自然产生！

我激动得对于自己的写札记的能力又增强了自信心，并马上重读了今秋写的

《我们居住的房屋与精神上的建筑》，自己也重新感到了一种力量，这种复杂而高尚的力量来自于你对于苦难的承受之后，不然，一切才华都会使你变得平庸！

没想到他浑身发冷、打战，呻吟着，建桥感到喝多了，站起来执意要走，我不便强留，便送他回家了。他走路已摇晃并支持不住了，我把他安顿好，便回家送走立旗夫妇。对建桥又有些不放心，又返回建桥家，进屋里一看，令我大吃一惊，他脸色惨白，额头、嘴唇、手冰冷得吓人，我便使用起我的一点招数，在他的头、耳朵、手、背等地方按摩，好些，但还是过不来劲，这样一个多小时，我看不行，他病得太深了……便去找贵修了，贵修躺在床上看电视，像医院里的一个冷冰的大夫一样无情的不起来，拖延了五六分钟，才怏怏地跟着我走了，说真的，要不是为了建桥，我可又要发脾气了。刘彦也去了，三个人又忙碌了一个多小时，才把建桥抢救了过来，当时，建桥的痛苦状，人们很难有机会看到了，一个大师，平日里决不把内心的痛苦流露在外面，而在病得无法支撑下去的情况下，就索性尽情地呻吟了……从建桥身上，让人们去认识人应当“庄严、崇高、思索、献身”！

## 命运使然

1990年7月30日下午5时

**神赐给我生命，赐给我这样的命运，我应该悟出道理，要感激神明，因为，我还有头脑、心灵与体力，那么开始吧。**

我意识到，如果我的意志是坚强的话，如果我的绘画欲望是强烈的话，我就定会成为第二个梵·高了——而相反，则是一个可怜的悲剧者的下场——我的命运的遭遇，所受到的多种打击，使我一而再，再而三地发出绝望的呼叫！

现在是考验是不是真的男子汉的时候了，要一定忍耐住寂寞的煎熬！忍耐住没有一切快乐的煎熬——虽然我的命数如此——父母早亡，少年大病在身，相貌丑陋，一直贫困，够了，这些，这些现实还能使那动人的姑娘们对我发出微笑与爱慕吗？

要异性的爱慕甚至向你走来，从此生活在王子般的浪漫里，是所有男人的渴望，可正视我的现实，我就应该死了这条心，悲哀与痛苦的煎熬才是我的命运……而且我也没有权力再像这个时期这样心神不宁地什么也干不下去的浪费时间了。这样说，也许对自己是不公正的，因为我近期最大的欲望是想找到一个模特儿，一个年龄在20岁左右的模特儿，不但形体好，而且要有灵性，理解我，如果成功，我相信，我的激情与灵感会使我产生许多好作品，可是我连续地失败了，现在彻底地绝望了，能够打动或找到这样的好的条件一样也不具备，年轻的少女来到我的房间，只是满足一下好奇心，然后就是怀着戒备的眼神很快逃走。我心中恨恨地说，这些姑娘的家长只告诉她们如何戒备男人，却不懂教会她们怎样识别男人。我相信，她们这种只懂得戒备的能力，并不会使她们的婚姻幸福，不相信的话，等再过十年要是见到她们的话，我敢肯定她们不幸福！即使现实这样，还是画了许多我自己的裸体素描，但是，我觉得自己还是浪费了不少心神在渴望与想象中……

我面对世俗的强大，只恨恨地说一句："猪是不会变成白骏马的。"有梵·高作榜样，我自己常常觉得天分的气质太差了。梵·高把话说到家了，要学会受折磨而不抱怨。

# 听帕格尼尼小提琴

1992 年

我要让你这缺乏艺术之甘露沐浴的心得到美、爱、欢喜、温情……

人的心灵如果没有天音在鼓荡，没有圣美的琴音在颤动，没有喜悦的歌声在回旋，那将是多么可悲的景象。

你慈爱的温情呀，你忧伤的倾述，你欢乐的舞步啊，急促而热烈的亲吻呀，是雷电、时空、溪流汇成共鸣的交响！

谁来为你做光彩夺目的嫁衣呢，谁来为你铺满山坡的鲜花，送来和畅的春风呢？

谁来为你伴舞，让你晶莹的眼睛，放出光彩，丰润的脸庞透出迷人的色泽呢……

呵，迷人的忧郁，你有辛酸的泪在溢出，你又用笑语把它掩遮，用纤纤如玉的手指把它悄然抹去……

呵，你博大的气象，你把众人带入天堂。

雪中河堤　纸本　炭笔

# 梦想逾越现实

1992 年 5 月 10 日中午

*我心内一阵狂喜，我又恢复了自制的力量，我有足够的意志与思想战胜自己心中的恶魔……*

我在睡梦中见你来了，终于按着我心之所想，你怀着歉意，怀着坚定的抉择来了……醒后，头昏，咽喉痛痒，说话也费力了，我暗想，这么折磨人的事情自信能够超越过去！我正面临着一道极高极难逾越的由渴望的爱设起的高墙，把我挡在了干一番大事业的外面……

我幡然醒悟——不该对生命索要太多，我有今天，感激生命还来不及，有什么理由还悲悲戚戚的呢……

想到我内心里隐着的画油画（像古图索那样）的巨大热情，想象着我能够画那许多大画的快乐，想到我过去浪费掉的岁月，想到我该有多少书要读，我哪里还有时间去想浪漫的幻想呢？哪还能去一再地受到自我设置的爱的陷阱的伤害呢？！

我暗暗祈祷：我心内一阵狂喜，我又恢复了自制的力量，我有足够的意志与思想战胜自己心中的恶魔……

我还有一个非常可怕的劣性——就是对自己的各种理想要求太低！太容易被一般的情感所打动，太容易被一般的人所征服！

——想到我理想中要会见的风神超越的先生、女士、艺术家、思想者，我现在各种匆忙而可悲的现实多么卑琐、低级！！！

——可怕！令人出一身冷汗！

# 致虚极，静笃焉

1992 年 6 月 24 日晚 7 时于伊春河西六楼

“致虚极，静笃焉！”

此生决定做个勇敢、坚强的人！再不产生自杀的念头，再不要向死亡逃避，向虚无逃避！

再不要心境烦乱，为名利、为女人、为等等的欲望所烦乱！！

规定自己起床要早，先做气功，然后读一小时书。

不管来了什么样的朋友，睡眠不迟过 12 点，烟不吸过二根，酒不饮过二两！白天做一次肌肉练习，做一次强者心境练习。

雪梦　布面油画　50cm × 60cm　1996 年

## 关于艺术目的的思考

1992年6月29日上午9时

艺术至高的原则——优美、安详、抒情，使人心灵净化、愉悦。

外面天渐渐地阴下来，打开橘黄色的台灯，打开小音响，静静地翻开几年前记录的关于艺术方面的杂记，室内异常静谧，心情异常愉悦，这样时刻的享受使我再进一步思考艺术的目的应该是什么。

《艺术的历程》一书中说：艺术的持续变化并不能说是不断进步。艺术从古到今该说是一棵健康发育成长的大树，尽管树梢上的作品很细、很小，但也是健康、和谐、富有生气的，一棵生育完全的艺术大树，之后还将要怎样继续生长呢？现代派（像杜尚、达利等人）用了嫁接与移植的办法（甚至用了假的枝干）使艺术之树失去优美、静穆、高贵、和谐、单纯——他们建立的种种的艺术哲学、理念，使人重新来观看这个世界，他们以巨大的才华与所谓艺术不断发展变化的进步来掩盖了艺术至高的原则……

优美、安详、抒情，使人心灵净化、愉悦……

自画像　布面油画　83cm×53cm　1990年

## 艺术的至高境界

1992 年 7 月 1 日早

书不能乱看，事不能做杂，心境不能降低，格调不能迁就。

看柴可夫斯基的音乐生活、指挥家托斯卡尼尼的指挥生活是高级的、纯粹的。艺术家不可有过多的生活智慧，不可有迁就世俗的圆滑！

写胡小石体尝到了大师的内心境界，要努力达到的分！与塞尚等人一样！

艺术的至高境界要超越女人，进入博大、严谨、冷峻方可。

我的“真性”不是现在这个样子！应该是真率、忘我的工作状态！

我现在是处在一个十分关键的路口。

如果再任其自然、漫游下去，一晃就会过去 45 岁，一切就都晚了。

真正的我现在还不能要求安详的内心平衡，而是要过一种热烈地充满生气、活跃的创造性的生活！

白雪、马与狗　布面油画　70cm × 100cm　1992 年

# 关于意志的思索

1992年7月5日星期日

**能够在自我一生中连续迈出十大步应该可以说是个“意志如坚”的人。**

人隐约地感到空气中与连接五脏六腑加之思维中那根软弱的神丝——需要热烈的激情，热烈一些的生活（有内容的生活，这个内容是有事做），才会免去一个人的寂静。与人说是需要静寂，静寂真的来到，既要逃脱——真实的内核是软弱！

很渴望女性的陪伴、慰藉，而女性的陪伴引发了她们来自天性的慵懒（消耗生命如同饮啤酒一样随意），这时的他就后悔了当时的邀请，谴责了自我的没有穿透力的意志。

有许多人只迈出两三步，即如进入漩涡，在原处打转转，然后随流而飘。他责怪没有生在壮丽的时代，责怪身旁没有指引的圣哲。

他需要打碎这些寄生的念头，这个念头使他从幼年起便不自觉地被保护起来，一直想在保护人的扶助下走完可悲的一生。

他从来没有产生过，实际做过头向尖硬的石头撞击，撞得鲜血淋漓，然后体尝那坚硬的石头与他自我坚硬的意志相交合的愉快——这愉快来自幽深的地狱，来自深夜，来自静独。

由此，他还会改变自己的一个哲学理念，他不再需要“否定之否定”，他只要这一次否定，即可以坚决地认识深刻一次的物质与幻象……

因此，他感应到了苍鹰式的孤独、高傲，他过去害怕，胆怯过被孤立、被围困，被最亲近与最远的人的误解、诅咒。

现在的他多么欢悦这既定的事实，这难堪而沉闷加上弥漫在空气中的带有青筋般的紧张，他只需要很小的一张床，不多食物的供养，要那么多人的颂扬、赞许有什么用处呢……

## 养生之悟

1994年元月13日下午5时于北京租寓中

活到今天，43岁始，才真正清醒过来，自己是个极软弱、极浪漫，没有认识生命本质与生活本质的肤浅之人！

生命的本质，生活的本来是充满着常人不能担负的痛苦煎熬的！而任何一位能够成就一番事业的人，无不经过十年、甚至一生的伤筋动骨，扒掉几层皮，毁掉多少次幻想的打击的！没有这个阶段，就没有任何真正的出息！而灵魂深处又要充满乐观，从深处或感激生命，体尝诸多辛酸的快乐，从而能够保持心态平衡，保持活力，从而能够合理养生，能够体会古代先贤圣人的胸襟气度。（深深地反省，自己到底是不是一个真正搞艺术的人，可以说，以前只是一半是！而今后，若想真正是：就真正的做到时时大悲惨、大寂寞、大快乐吧！）

今日悟出养生之道：

精气神

早：重呼吸以养气

午：重午睡以养神

晚：重宁静意想以养精

# “一生只是按照自己的主张前进”

1994年2月24日下午

我的一生主要表现的主题应是：怀着永远不能实现的对人类善、爱、友谊的渴望，并憎恶人类身上的一切恶行！

今天下午读《现代艺术的意义》一书，其中写道：莫奈“一生只是按照自己的主张前进”，这句话引起了我的思考，我的自己的艺术主张究竟在哪里？忽然，脑子里亮了起来？想起前几天在秦皇岛家中附近散步的一个街景：“疏淡、凄凉、寂寞的情调一下子打动了我，我很想当时就作画，过后许多天在脑际……”这场景也一再浮现……

我的一生主要表现的主题应是：怀着永远不能实现的对人类善、爱、友谊的渴望，并憎恶人类身上的一切恶行！（而在情感深层，发现人类最美好的心灵是细腻、高雅、丰富、多情、多思，相反是粗暴、鲁莽、轻浮、简单。）

回忆起许多年来，自己对世人的一切行为，很少有粗鲁的表现，对世人给我的侮辱与冷漠也大多以宽容对待，特别是在情感深处，尤其对丰富细腻的情感比较敏感！

在艺术领域，能够更深一层打动我的，也是此种类型的绘画，或诗，或音乐。

而细细地查找一下，绘画史上还没有哪一个画家在这种情感上倾注一生的力量去创作作品（像格列克、梵·高）。

我的这种精神深处的感知方式，看来，用书法与中国画都无法能够表达得完善与和谐。

冬日的北风　纸本　炭笔　50cm × 50cm　1995 年

# 听贝多芬第九交响曲

1994年3月2日

花瓣纷纷撒在空中，追寻着你的灵魂。人们不愿停下追随你的脚步，抬着你的圣像，漫游在世界各条街道、教堂，让你的神圣与伟大永远播放在人类精神生活的天顶……

——那有力的音响，能够震动天堂与整个宇宙……

——那舒缓、宽广的乐段，令我眼睛里充满泪花，啊，多么宽厚，慈祥，多么博大的爱……

——那灵动而悠远的乐段，把我们带到了遥远的幻想的世界，憧憬、渴望、深情的叙说——大师的心灵多么宁静……

——啊，是别人，别人遇到了悲伤、不幸，他在用温柔的手指去安慰，用轻微而充满友爱的深情来慰藉……

他然后把你引导到广阔的山野，让你舒展开双臂，让你倾听那奔腾的浪涛之声，观看那层层起伏的白云……

你的心微微地颤抖，在反省，在回问，在思索，在缠扰，苦苦的缠扰……

——渐渐地明朗了，登上了一座饱含着智慧的哲学的山峰……

不幸的命运，黑色的影框，魔鬼的狞笑，伤痕累累的双肩，像阵阵翻流而来的浓阴的云，把大师的整个身体吞噬，把心灵里明亮的空间投上沉重的浮着黑色的污水。

挣扎，那灵魂里自觉而自在的力，一个巨大的能量，一个绝对自信的精神力量，使他打倒包围在他四周的一切魔鬼。

他独立来到一座高高的山岗，向着天堂，向着人间，高声歌唱。引起万众的附和，他叙说生命的热情，他回忆着甜蜜而珍贵的爱情。他的情人发出禽鸟般优美的回应，使他沉醉。而爱情让给了宏伟的事业，事业的巨鸣之声把浪漫而沉迷的爱情浸没……

他多么强悍、有力，灵魂里有着奔腾不息的火山下的岩浆滚动；你强壮，整个世界都为之震撼，山岳、江河发出同样的和声……一泻千里，倾注整个宇宙……

你去了，人类有良知的生灵在为你哀唱，肃穆、庄严，向你发出长久的致敬！安息之声，啊，那众多的女仙，用温柔与爱情为你捧上花束——花瓣纷纷飘散在你的额头，你的紧闭的双眼……

冬日里的阳光　布面油画　50cm × 60cm　1995 年

## 弱到极处，就是勇敢

1994年3月5日上午10时30分

**昨夜竟产生了要放弃拼搏的念头，觉得闲下心来，读各方面的书籍，广泛涉猎知识，充实养生与快乐生活也是很好的。**

觉得这些年活得太累了，而且才华与灵机都已快用尽了……

今早起来很为自己竟有要堕落的想法吃惊，看来，我的这种想法也有合理的一面，因为平常人也有其平常人的丰润的生活内容的，追求不停者也有追求者的干枯的单调与许多方面的损失的——但是，还是做有些大出息的人适合我的天性。

从这两天的种种迹象来看，我的耐力又发生了动摇，以往许多时候都如此，故至如今，没有真正研究进去任何一门学问，看来像我这样的人，这样的身体，这样的年龄，在这种时候，能用志不移地做油画的事，确实相当不容易了。可就是这样不容易，如果咬紧牙关做下去，才最有意义和价值呢！

哪怕在正确的道路上向前走一小步，也会使自己产生极大的喜悦与自信。今早天阴了下来，窗前的小树林又在阴柔的光线下呈现统一灰蒙蒙的美丽的调子。我赶紧画起来，心情高兴得很，并且在画的过程中，又一次强烈地说：画画多美好，世界上没有能比画画再幸福的事了。因此，我现在一点也不羡慕老师了，并且微微地替他们悲哀了。

眼前这种安静，没有女人，没有杂事打扰的生活，简直是世上最幸福的事情了。

（这两天又开始隐隐地渴望女人了，孤独与单调，加之渴望好的女性而又产生了焦躁——而转念想之，这种生活太对劲了，如果时时处处如意，那么，还能做成什么事呢？）

从曾国藩的书法上我又悟到一层高级的境界——中国的书法作品背后必须是一个圣人，伟大而富有才学、人性、慈爱与启迪人丰富联想的产物。

当代大书法家们，是否能悟出此境界呢？

我的思想什么时候能够深刻而有系统呢？

弱到极处，就是勇敢！！！

我从今天的写生中感悟到了这个哲理，我没有像许多人那样挥洒大块大块地构成的能力，只能像极普通的甚至是过时的陈腐的眼睛观察事物开始，甚至画到中途还觉得平庸得很，再坚持下去，再仔细观察，再坚持下去，从细弱中、从平庸中找到感觉，找到深层的复杂表现，那么，这幅作品就会使任何高层艺术家震动！

相书上说：我这种类型的人，理想很高，却没有实行的耐力。

这就是相书的好处所在，告诉一个人弱点在哪里，如果您确实想实现理想，那么就在耐力上下功夫吧！

我突然意识到：我以往怎么也进展不大的原因就是，做一个大画家的愿望太强烈，以至于使心灵、眼睛都蒙上了一层障碍，在作画时，心理的紧张影响了眼睛的观察入微！我现在发现，一个好的画家，能够有发展，是从他每作一幅画时，都要观察入微而开始的。

在观察入微时，却不要陷入一味精细的描绘上，要时时有整体，有音乐，有诗，并且还要有独特的表现、概括、夸张的能力。

# 绘画的秘密

1994年3月6日凌晨

注意，这整体的视知感应变换为诗意的感应，诸如：这一人的忧伤感、痛苦感、嘲弄感、沉思中的沉静感……

今晨5点30分醒，想着自己的绘画的事情，醒悟了：绘画的秘密——属于自己的绘画的秘密的门一旦被找到、打开，便会置一切而不顾地走进去——那么，这秘密是什么呢？——是你自己的视知觉在观察的物体上，那物体总体与局部都是打动了你的，瞳孔便放大，甚至十几倍地放大，把你认为强烈的部分夸张而与整体有机地描绘下来。

雪中河堤　纸本　炭笔

# 追忆似水年华

1994年3月9日晚

**越是在绘画上有了新的起色的时候，越要提醒自己，千万挺住啊！**

今天下午去街上散步，并邮给泰兄一本书与一封信，顺便买点蔬菜、牛奶、面包，以接续下几天的生活。又有些感到孤独难忍了，刚刚12天，一个人在房子里独自生活12天，便觉得忍受不住寂寞，看来，是太软弱了，越是在这个时候，也越是在绘画上有了新的起色的时候，越要提醒自己，这时刻要千万挺住啊！

没想到在小书摊上竟发现了普鲁斯特的《追忆似水年华》这套书，没有犹豫便买了下来。

带回后先匆匆看了序言与年表，他人的评论及普鲁斯特的描写记忆过去的主题，与我多年来忧郁的性情非常符合，而他不断地为找到自己表现的主题与形式而努力，终于完成了这巨著，刚才脑际闪过了几年前我自己在北河边作画时的想法：描写的景物是荒凉、孤独的，但是要充实进入丰富而复杂、优雅、高尚的情感。看来，这个想法还要好好思索一番，然后还要是回到林区，去无穷尽地描绘那孤寂而丰富的山、林、河流，我想，那可能就是真正而能达到一般人企及不到的我了……

——但是，要思考成熟，我这样的作品能不能给予人震动——那令人心弦颤抖，心酸又幸福的丰富情感？

——也就是通过个人很局限的描绘，反映整个人生的精神历程！

## 艺术愉悦的本质

1994 年 4 月 4 日早 7 时

不要急躁，一步步地走下去！

艺术的本质是愉悦、幸福、快乐（我这些年却伴着烦恼来从事她），我今后当依着这样的心情来进行。

中外许多艺术家都没有我幸运！故我要清醒之，努力之！

河堤速写　纸本　炭笔　50cm × 40cm　1999 年

# 创作中平淡的美好

1994 年 4 月 7 日晚 11 时

**生命待我已经不薄，当谢恩、知足才是。**

这几天放不下意识的凄惨感的原因，来到北京的繁华街头，找到了答案（我内心，对这信息场的接收太敏锐了）。春天，暖融融的北京，无数个妙龄女子，充满魅力、活力，她们使北京城充满让男人心欲发狂的欲念……对比之下，我的处境必然是惨淡了……

今早 7 点 20 分赶到教室，听到一段乐曲，竟然大彻大悟！——自己的今天所有过分的欲望都将消失！而要真正放松身心，无任何名利的想法，并且要在有条件的情况下，平静地产生像这音乐一样的抚慰人的心灵，让人感觉要流泪的高尚的绘画！

前天看国画班一同学画的极平常的人物习作，却画得和谐、真实、深刻，又使我进一步悟到，任何平淡，甚至可厌的对象都可以画出极好的画来的！

补重要的一句：从我的过去遭遇来看，今天没有理由要求太高，生命待我已经不薄，当谢恩、知足才是。

## 谈文人画

1994年4月10日晚11时30分

文人画的优处在于修养、文化功底！

刚与永成谈关于文人画的问题，文人画的优劣都有，但劣是主要的问题，缺乏对自然的真切观察与表现。

宋代还有真实的写生，后来发展的文人画，渐渐离自然远起来了……

今天的文人画，也是古人程式化的延续。

——而我与之分歧在于一直想真切地感受自然！

同时谈到关于自己怎样对待练基本功的问题——我现在已没有必要再练什么文人路子的基本功了，我所要急切解决的是自己的创作思想与道路的探索。

——我决不能走文人画的路子……

从前几天的美院国画临摹室见到一些同学临的范宽山水还有花鸟等画中，强烈地感受到在美院实行的这种训练方式，可使人达到很深的一个潜在扎实的境地，然后方可慢慢升起自己的星辰……

今天上午坐公共汽车去美院，一路上思索明白：我的艺术道路是“放松视点知觉”的作品，是直接感受生命种种复杂性的作品，而绝不是什么既成的技术与修养！！！切记，切记！

河堤写生　布面油画　50cm × 60cm　1992年

# 两个启示

1994 年 4 月 12 日早

我预感到我将打开这神秘之窗，画出那样的作品来。

今早想到两个重要的问题：

一是近期过于偏执接受外来气场，有利与不利一概被动地接收了，致使自己的元气受到损伤，而且艺术见解之底气也无法充足起来，故从今日起：强化自我之气！固守自我之沉、深、韧之气，艺术上固有独到之视知觉解放之气。

二是通过不断受到的美院作品的刺激，启示了一个重要的认识——即：作为我还没有经过一个严格、深刻、广博的训练过程，致使所有作品只流于不结实的表层与一时兴到的灵感之作，——这个问题立刻就可以与人生其他方面联系起来，故整个人生都须再经大磨难、大韧性……我忽然感到一只飞碟，艺术的飞碟（神秘的）飞临到我的头顶，盘旋一圈又飞走了……

速写两幅

# 灵感的迸发

1996年8月18日上午

**要有破掉任何“清规戒律”的勇气，不要被技术、思想压住。**

速写一幅

两天前酒后的深夜我上六楼，观看着桌前的两盆花，脑中忽然闪出了束强烈的光束——我从现在起，可以不惧怕以往的任何大师了，我可以用我自己的眼睛、情感，思考他们所画不出的作品，所谓开一代之雄风，推倒万世之豪杰的句子，原不是空放的。

这样，我动手画了三个晚上，出了一幅好的静物作品。书法亦如此，我也必定会写出独到的作品！

紧接着这两天，又产生了虽然具有独特天才，画写出独特的有才能的作品是不够的，还要具有深刻的能力，不然，与有才华的女人又有何区别呢？所以，研究真理，研究大师的深刻是更重要的。

可是，艺术中有一大的悟性必须知晓，即:先要有破掉任何“清规戒律”的勇气，不要被技术、思想压住，这样，才可以直接、单纯而强烈地表达自己的对世界的感受！这样之后，再逐渐加入深刻与技术！

## 生病之随想

1996年11月23日早

“自制是人格的精粹！”

能够自制的，只要有一种特长，也能成功，不能自制的，即使有了许多种特长，后来还是失败无疑。

重感冒将近一周，一方面受着疾病的折磨，痛苦不堪，一方面受着心理消极的不断暗示的折磨（认为年龄大了，身体每况愈下，潜在的肾病会使我早亡等等）。到了昨天，重读过去的日记中偶见到一段话，使我超越了这可怕的阴暗的心理作用所导致的软弱、疾乏、腰痛……这段话如下：一个人如果总为自己的生命胆战心惊，他就会成为肉体的奴隶而备受折磨，当对于生命这一种贪求一旦消失，他就会从死亡的恐惧中解脱出来，那时，人就会获得无限的自由……加之又重读《房事养生》中一段话，更给了我强烈的刺激：那种身患疾病的人，其原因必然是房事交合随意频繁，泻精而使阴器的精气漏泄，使得周身血脉蕴积堵塞郁废——加之礼义圣德的修养差，喜怒无常，不懂得养生保健之道，便使得体内生气失去。那些庸俗之人，蒙昧无知，根本不懂得养生保健知识，一生只知道依靠巫医度日，才活到70岁，就躬腰驼背，埋头曲颈，身体虚弱，疾病缠身，活命艰难，痛苦难忍，便干出蠢事——自杀绝命，这不是很可悲吗？！

还有与迪菲前几天的谈话：他说至高的“道”是恕！宽恕一切人，一切事，即身心安宁，心平气和，全身通畅，身心不堵，身体就会好起来，心中也没有障碍，真正的智慧、创造力、观察力都会顺利地出来！——迪菲可谓是大人物矣！得道者耳！

还有茅盾的一段话：不为盲目的理想所迷，而是冷静地观察。不先立标准，不是生活在至善至美的理想世界野心者！……先由冷静的眼光找出美在这里，在那里，然后尽力以求获得……

还有多年前摘抄一本小书《做你自己命运的船长》中的几段话：

一个伟人，其伟大的地方，就是能够知道自己的短处，他不允许自己的脾气与心情来统治他自己！只依着坚决的信条，来操纵他的行动！

画玲子速写

许多生理的恶魔如愤怒、嫉妒、颓丧、懊恼等刺激，乖戾的感觉，它们不但扰乱精神和理性，并且长毒害的细胞，使身心受到极大的损伤，那些毒素都有致命的危险！

废质的排除，往往为忧愁与苦痛的感情所阻滞，并且更坏的是，这种沮丧的感情，还能直接增加那些有毒的废质的数量！这是何等的使人闻之寒心啊！

另一方面，当愉快或欢乐的感情活动时，它们能够阻止沮丧的有害的感情，而且能使体内的细胞创造出一种富有生命力与有益的纤维质。

世界上最佳妙的训练是强迫练习。

镇定与自信，是达到伟大成功的先决条件，我们不必去羡慕那些无愁而泰然自若的人，他们不过是懂得正确的思想，会控制他们的心情，会操纵他人与环境而已。

我们很少看见那容易发怒的人，能够很好地活到老的！！！

我们由“自制”而获得心平气和，这是多么甜蜜啊！一个人能够少开口，少和人计较，这是多么舒适啊！用言语容貌或动作来表现他的忿怒的人，是多么的羞辱啊！！

你要测量一个人的力量如何，你只要看他的自制力如何即可！！往往有许多人，在他受了极大的侮辱后，欲能面带温色，也往往有许多人，在怒气冲冲时，欲能克制他的怒气，这种人，都不愧为是精神上的英雄！

怕死的人往往先死，不怕死的人，反而不死！人间有许多不幸和罪恶，便是由于懦弱和犹疑所造成，也可以说是缺少勇毅的精神！

喜悦是保持健康，治疗疾病的最重要因素！

# 一个画家要做到的

1998 年

**操起理智的鞭子，刺向软弱的灵魂与捆打这懒惰的躯体！**

谈一个画家要做到的（我永远的忏悔）——生命对于一个从事于庄严的艺术的画家来说，要求是太高了……首先，你的心灵要朴实，像大地一样朴实，不要喜欢喧哗与虚荣，要永远朴实，朴实就接近真实，你能真实地描绘你眼睛看到的一切，那其中种种的优美便在其中了……

你要有爱的能力，像太阳一样有爱全人类的能力，这样，你就会宽容罪恶，宽容你身边种种令人厌恶的行径，你就会获得心灵的宁静。

你要具有承受能力，要反反复复地训练它，首先从身体上训练它，强健，耐饥渴，耐风寒。然后是心理上的，无论是爱情上的永远失败，还是整个社会的冷漠，朋友的远离——慢慢你会发觉你会对个人的小小喜悦不忘形，对个人的小小的悲伤不低视，对突然而来的种种刺激很木然，你的心已超越了生命的低空……

你要战胜你心中的恶魔：人人心中都有一个恶魔，我们经常能看到它得胜的狞笑！你若能够在思想上悟到只有肉体下地狱才能使灵魂升上天国，却又在面临现实时，选择了庸俗与软弱，你还是尽快地自己坚强自己的意志罢，看那天上的云儿都不用风去吹送……

你要具有诗人的气质，好的绘画都是诗呀！诗人对万事万物都有着最好的洞察能力，思考能力，你若缺乏对生命的彻底的认识，缺乏独立地思考问题的能力，你的作品就只能流于平淡，只有热情，而没有深度，此外，伟大的诗人都有渊博的学问，优美高雅的人格，这些，足够你一生相仿了……

你要迷恋音乐：激越的奏鸣在你心中游荡，音乐会像冷澈的山泉清洗你的灵魂，使那污秽的念头被涤荡得干干净净。大师的乐曲，会展现他全部的人格，崇高的精神世界，那乐曲浑雄的厚度与广阔，来自他那深厚、奥秘的灵魂，来自那无比辉煌的无数个世纪优秀人物放射出来的精神！你那浮动在额头的焦躁，只要听到这音乐，即便会安宁下来，感到酒醉般的醉了……你要感到你自己的庄严。

画玲子速写

你要高贵地看待自己的灵魂！哪怕整个人类都堕落，哪怕世界明天就全部进入黑暗，你看那许多的伟大智者，他们从没有游戏过人生，他们撒下的无数颗思想的珍珠，是像阳光、空气一样滋润着我们全部的生命，欺骗、负义、冷漠、残忍、粗鲁、轻薄、丧心病狂、阴暗、狡诈、污浊、疾病、奔忙，这许许多多魔鬼在我四周发出狞笑，让我窒息……

我的欢乐在哪里……难道就是运用或者挥起与他们同样的武器，与之作战吗？新的欢乐在哪里……只能在梦中……在幻想的艺术之梦中……

而现实中的事实是：我的身体的疾病远不及精神深处的疾病！我的精神太软弱太不强健，承受力太差太差，简直没有能力承受亲人、朋友的指责。啊！艺术家，你需要在艺术的爱中倾注多大的热情与仁慈。

而在生存的生活中需要多么理智的清醒与冷酷！

相辅相成的奥秘就在区别啊！

# 精神的自残

1998年5月24日

*从今天起，我将快活地描绘一切景物、人、动物、花卉……*

精神的解放的基础来自于精神上的自残：谴责与惩罚、自省与折磨！

解脱的方式：

第一是“死”。

第二是“出家”。

第三是“甘守清苦，寂寞”。

第四是“穷而后工”。

有敢于死、出家、清苦，寂寞作为精神背景，选择“穷而后工”自己逼迫自己重新进入苦难的境地，就是说，先选择穷而后工的道路，如果不行再选择极清苦的生活，再退一步是出家，再退一步是“死”去，“穷而后工”需要坚强的意志，清醒的头脑，方法是“委曲求全”，惟有“曲”才能全，我的“全”是放宽心，一定坚持到大器晚成！感激这次残酷的精神打击！重新使我猛醒，重新振作！！

# 悟

1998 年 6 月 6 日夜 12 时整

终生：

1．每个人都有一个离不开的大弱点

2．离不开一个阴影，一个时时袭击你、扰乱你的魔鬼

办法：容忍它，一点点地克服它！

专注于“高远”就会克制它！

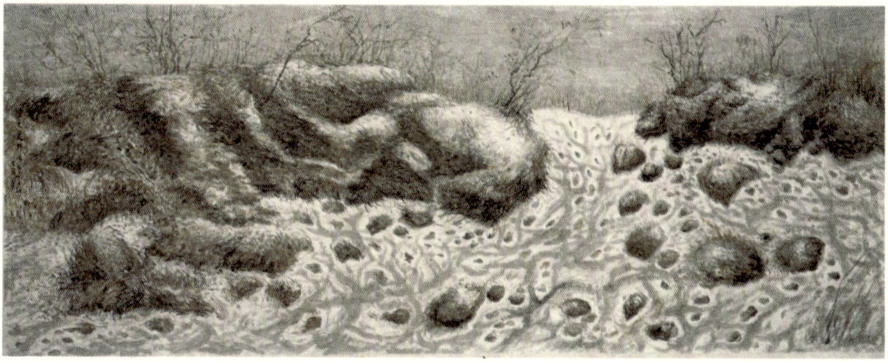

荒河岸边　毛笔　宣纸　1990 年

# 背光地带里的生活

1999年11月22日早

**在艺术生活里，在大文化的阴阳地界上，我注定一生都要生活在背光的阴暗处了，这是我的命运！**

——我此生最不愿意甚至有些恐惧在背光的房子里生活，或者在一所房子的遮住阳光的墙后，看着茵茵的绿草、苔藓、剥皮斑斑的墙、湿漉漉的地上爬过的小虫子，心中有 阵阵寒栗闪过……

所以，我常常喜欢阳光，喜欢敞亮的南向的屋子，清晨有阳光照射进来，是我心情最惬意的时候，一到下午阳光慢慢从屋子里消失，便觉得黯然神伤，不觉惆怅起来，这样，一直到黄昏，到黑夜，把灯光点燃，心情才慢慢转换过来……背阴的生活，与死亡很接近，与死后的生活很接近。

幼年、童年、少年都一直遭遇种种不幸，到今天，还是默默无闻，是很正常的。

(可我相信，人们都是从深心之处喜欢成功的。)

辗转反侧，情绪消沉得很，昨天见到徐超，觉得女儿与我陌生得很，只是她给我整理大衣的领子时，心中还感觉到一个做父亲的愉悦。

今天在这样的心绪里，想到她小时候，几次给我留下的样子。人的童年，马上像飘逝的雪花一样就消融了，超、泊的童年还有我来回忆一下，而我的童年有谁还记得是什么样子！——很快就要变成老人了，今天已品味到了风烛残年的意味了，人生有说不出的悲凉！

在这个表面喧嚣的世界的内核，有几多人真正喜欢喧嚣呢，在深夜面对自己一个人的时候，有几人能不深深地感到孤独呢？

还要有勇气面对今后的日子，我无法摆脱这生活在背光地带的精神生活，这痛苦只能自己慢慢消解，要自己点燃自己的热情，自己燃烧自己来获取温暖！进入自己建造的精神情感的暖房！

# 人生之路

2000年11月26日于北京上苑村165号租房

快乐与意志似乎是虚伪的东西，而失落与渐渐走向死亡的归路才是正在实实在在的呈现的东西……

人生之路，热烈与失落，欢乐与死亡正在轮转着为我们奏乐……

今天，不知为什么，由前年在成都参加巴蜀点兵现代书法展活动最后一天，人们已纷纷走散，住地已呈现凄凉、空落之感的景象，想到人生情景莫不如此，一切开始都似乎阳光灿烂，其乐融融，而接近尾声，都是气散人尽，留下一片凄凉……心情便说不出的凄凉起来。玲子在生病（不知病会如何），作品卖不出去，在上苑村准备建房的过程又受到村书记的一次次责难、奚落……

画家当年的命运很不好，尤其是像我这样前半生走背运的人，又不具大思想与决断的人，更难在当今艺术界有一立足之地！

过去一个小时，力量与热情又在灵魂里沸腾了起来，不！我不会向这死气沉沉的灰阴天空屈服，不会让这死气沉沉的虽然已失去热浪的美术潮流所吞没！我内心深处，一个声音在呼唤着我自己！要振奋，要激昂，要画出一批批属于自己感受与见解的大画……

应该自己给自己的自传，自己来叙述自己的命运与人生……

命运待我何以如此！幼年丧失父母，少年大病，中年艰辛！至今50岁还是时时处于低谷，背运。家庭、经济如一把铁钳，把我喉咙死死钳住，快要窒息！

不！我决不屈服，我要把背运反过来，成为大运、大成功之人！这样就需要有深谋远虑，有大忍耐与大惨烈之牺牲！不然，怎可做当今世上人杰！

切记：不要发火、动气，要保重身体！真元之气要保护好，不然，身体就完蛋了。人们对艺术的发展的要求有如吃饭一样，太饱和了，就会伤胃，长时间不想吃东西，但要活下去，还必须得继续吃下去，并且要求吃更新颖的东西，这个要求是永无止境的。

艺术今天看来是太饱和了，已经变得不值一钱了，许许多多的画家，许许多多的作品，确实已变成社会上多余的人，多余的垃圾了。

## 此生三恨

2001 年 3 月 23 日早

**要日日新，月月新，要永远面对新的生活！**

一恨少年没有文化背景的教育条件，所见甚少，所闻寥寥，眼界不高，心胸必然狭窄。

二恨少年患病，多年体弱，不能尽情游历，不能玩命式作画，故许多少年应备功底单薄可怜。

三恨一生未遇良师教诲，故曲曲折折，常陷误区，致使自信之心丧失殆尽……

前 50 年已过，发愿此生努力活到 100 岁，故还有 50 年可画、可学，故现发三愿：

一为圆润待人、处事可得心平气和。

二为心态平和，常常锻炼，可得健康之体。

三为在艺术上永不固封。

小时候的那场大病，把我应该作为一个男人的自信、自尊、自强的基石冲毁了，崩溃了……以至于这些年来，把艺术的通道让给妻子、孩子、朋友！全力地鼓励别人、全力地为别人操心！操劳！今天提起来，心中阵阵作痛。凝思滞笔，空叹一声……

身体的空间有如婴儿在母亲用环绕的手臂拢起的温暖的怀中，可以平静无声地安眠……

精神的出行，时时遭遇冷风的袭击，偌大的世界海浪、礁石、草原、山峰，都因为丢失了真诚友爱而心中阵阵空荡，人类早已失了精神的乐园，家中的花园怎么安居其中呢？

陷入深深的惆怅、孤独之中——我是见谁，我来到了什么地方！——家园在哪里，谁可以与我有丝丝缠绕不尽的对话？谁可以在如荒漠一般的都市城心向往着我？

现在许多画家在第二个阶段反不如第一阶段好！就是不自觉的意识中认为自己是个好画家了，第一阶段中的完完全全的放松，无所顾忌失去了，艺术需要绝对的无所顾忌，不要任何参照系！有时，并不是急于向前走，而是回头找，再次从原始状态出发……

# 关于大师作品的讨论

2001 年 5 月 15 日

现在的画家个性充分突显了出来，却露出了另一缺陷："小气"与"浅浮"！

现在的大师大都是早期作品好，好极了，可以说是一下子就到了一流大师早期的水准（人们并不要求看出他是什么名字，哪个国家的人），可是后期为定出符号、个性而追求风格突出的表现，从而使早期作品中所涵容的本质在形与色、在表象的表现中流失掉了……我们可以想见中国古代秦汉晋唐的许多作品，我们并不知道作者是谁，也不必非要知道作者是谁，可那浑穆大气的整体气息永远在深深震撼，现在，以至于将来。

再看梵·高、塞尚早期的作品并不好，后来却越来越好，越来越辉煌！是因为他们精神背景的博大与辉煌！

一阵阵的孤独向我袭来。下午一觉醒来，大房子里空空荡荡，外面热热的，一下子想起几年前（两年前）也是这样的时候在伊春金果园——院子里静静的，只有狗儿在伴着我，郊外的旷野更显得空荡，我在简陋的工作室写了一幅又一幅的书法，时不时到果园里散散步，唉，那个情境，人多时，欢乐时，或者说害怕孤独而时时离不开人群的喧闹是否是幸福？而静独下来，仿佛与任何人都失去关系的感觉为何又有些隐隐作痛！？

## 西西里神话

2002 年 7 月 2 日下午 3 时于上苑工作室

**我必须在孤独、失去人群的呵护下生活，必须在这种无比难耐的孤寂中，咬紧牙关每天一张张废掉生命日历，废掉纸笔的西西里神话里——一样把石头推上山，又滚下来，再推上山，再滚下来，永无休止……**

整个一天，陷入不可名状的失落情绪中，似乎要哭出来，却又像憋在身体的某一个深处的门阀一样，找不到开启的通道，人像失去了方位，落在失去正常气压的洞穴——我找不到一种方式，一个办法，让我平衡、平静下来。艺术的挚爱，变成了对我无情的惩罚，怎么可以全部撒手，做个游闲无事的人呢？冥冥命中已定下！我必须在孤独、失去人群的呵护下生活，必须在这种无比难耐的孤寂中，咬紧牙关每天一张张废掉生命日历，废掉纸笔的西西里神话里——一样把石头推上山，又滚下来，再推上山，再滚下来，永无休止……

心中忽然一亮，画得几乎废掉的大雪景，画面与我要说话了，不是我从后面追赶的一个背景了，总是把我远远抛在后面，置之不理了。

现在她有了温情，她停下来，回过身，把身体的形状给了我，把心里的热望给了我，我与她开始对话。这大雪景才是我最后停留在其上的生命的踏板，将运载着我平静、安详，又充满热情的生活，我找到了失去的童年的梦想，这洁白无垠、又充满迷幻多彩的大雪啊！

# 长夏静述

2002年7月5日

一颗早就应该长成大树的种子，却被贫困、疾病、无知三只恶魔绞杀在时光的阴洞之中……在50岁，我创造了战胜疾病（顽固的疾病）的神话，也创造了研习几种艺术作品的神话。做艺术与做其他领域事业一样，需要世出惊人，独创神话，自出机杼，我当再潜心定神，独悟自家作品面目。

一

有许多年了，似乎每天清晨一醒来，便有一种要沉陷进床里面的感觉，有一种恐怖感，觉得睡眠再进一层便是永久的沉眠了，可是，醒过来，起床后要做什么呢？

想着那东北隆冬日子里阳光也很明亮，照耀在厚厚的没有人迹的大河套里，静极了，与人睡着了没有梦一样的静，近于“死寂”。

“死寂”似的生活。

我以及许许多多的人在品尝着孤独，被人遗弃，与社会往来又脆弱地惧怕那粗俗的人随地吐出的痰声！这些人那样富有活力、动力，无暇去照顾自己的灵魂发出的抗议。每天奔忙不休，尽力宣泄着体内的热力，狂躁地挥霍着似乎用不尽的才华，一天下来，口干舌燥，不怕厌倦又准备着第二天的喧嚣的生活……

我选择了近于“死寂”但清静的生活，我把眼睛投向我院子里每一个方位，每一个角落，都似乎与我约定好了似的有个内容在与我交流，每一株树，一丛草，一棵藤蔓，一堆土，一块石，还有三只狗，就这样伴着我，或者说我伴着它们在“静寂”的长夏里慢慢度过……常常院子里刮过一阵风，在身上它是凉快的，可反射到脑际却像一阵乌云漫卷在我的心上，郁闷的心，郁闷的生活，我正疏离了人群，也疏离了自己，两个我在质问！

谁主宰并决定把灵魂、把肉体都悬挂起来，吊在一个黑洞洞的空房子里，自己无法放下自己，自己却把这吊绳系得死死的，吊了上去……

是经年累月，一个郁闷的我，一个怀着奇思怪想、自封又自闭的我，指挥设

置了今天的场景……

常常是一个极平常的场景，坐着汽车，行驶在林阴路上，路左是蜿蜒的水渠，修整得齐齐的堤岸，一排排高大的杨树，远处的山头与蓝蓝的天，这一切都让我想起20年前、30年前的这里，一切也肯定是同样的，路上留下车子的声响，留下一群群赶路的青年人的欢笑，留下一对对恋人的身影，我觉得，这重叠在一处的场景中间空下来的时间与变化。让人说不出的惆怅、空茫，心中隐隐作痛。人为什么这么多情，神经里有这样令许多生灵无法理喻的丰富。这样，到底是害还是益？人在宇宙中多么微小，微小到只要离地面100米，再看人在地面，便如蚂蚁般蠕动，若在高空10000米，在茫茫天宇中看人呢？谁似乎都失去了生的意义与乐趣！

还是回到能够感知、感觉冷热疼痛的身体上来，回到能够感知欢乐、悲哀、回忆、静独的灵魂中来……人为什么会长大，离开他（她）最可以依偎的人，最熟悉的房子。

童年里一个穿着淡淡小花裙子的女孩娇嫩，白白秀秀的，说话带着胆怯声音，有点像管风琴轻轻按出的富有乐感……

40年后，再见到她，在对面的桌

自画像　钢笔　纸本

子上她握着水杯的手指还是那样纤细，姿态还是那样富有变化与情致，她说话的声音还很像过去，只是声音里多了一些生活带给她的浓浓的世俗情结，让我心头下面的蓄满对过去的记忆之纯情的闸门被什么东西打开，从底下流出，一下子心头空荡失落起来。

在分手的时候，我喝多了酒，情不自禁地大哭起来，哭声尽量向里面憋着，但还是发出恸人的悲嚎，我悲嚎着，这无情的岁月与无情的春夏秋冬……

最熟悉的草丛，甚至小院里嗡嗡飞来飞去的蝇虫，都是他初恋的朋友……

在新的院子里，有许多小时候熟悉的植物，绿叶、蔓藤，许多飞来飞去地发出熟悉声音的蝇虫，甚至样子也太相似的几条狗。可愈是相似，就越是觉得有一阵阵恐慌似的丢失的记忆袭击着心头，谁来陪伴我儿时的小朋友，儿时的小蝇虫，你们都在哪里……

温馨的童年，永不复回来，“冷寂”的中年、老年开始折磨起无法挥去记忆的人……

常常是深藏在我内心深处的疼痛慢慢从四处溢散出来，我想，是在我被生下来之前，这些悲伤之元素就潜伏在我灵魂深处的草丛之中了。

无力地跌倒在椅子上，让阴暗的潮水漫过我的脚，漫过双腿，漫过胸，漫过头部，我在阴暗的黑水里失重，任四肢散开，任一切器官被侵袭。人有时候愿意被沮丧打败，愿意做悲哀的俘虏，这样，可以不用振作本来没有力量的身体，不用奔跑不堪地行军打仗，胜败都说明不了什么！做沮丧的俘虏，可以不再关心、关注什么，不用查看心肺、胃肠，让它们也跟着松弛下来，做一次无所事事的闲散者。

二

早早醒来，每每都是这样，脑际里闪过一个又一个往事与现在种种的过滤似的影像，悲凉、酸楚、失落的感觉时时撞击着我，我猛然自省，该是人生收获的季节了，该是人人都向着一位声闻有所作为的人献上尊敬的眼光与钦慕的时候了，该是有四面八方地邀请去讲学、作画、作书的时候了——可是，这一切，对于我都是空空荡荡，在一个远离城市中心的农村郊区里，在一个空空荡荡的大房子里，无人问津，无人关照，落寞地生活，与院子里的荒草、野树作伴，与屋子里嗡嗡

飞来飞去的苍蝇作呼应……人生了无生机，了无生趣，了无欢乐。

正在此时，人生充满生机、充满生趣、充满欢乐的心境又一下充满了我的心，我的心微微激动地洋溢着欢乐的感恩之情，我正值人生旺盛的中年，还有诸多的事情要做！可以看书，可以作画，可以作书，可以远游，可以交友，人生有此境遇，又是多大的幸事啊！

快哉，充满内在快乐的生命。

我一个人静静地在院子里徜徉，漫步。我的院子似乎很大，可以散步——走来走去，看到每一株树，每一根草，每一株植物，都能回忆起少年时的似乎经历过的情境。可是，早已事过境迁，空气中的气息，耳朵里传出的盛夏的闷热中潮湿的气味，苍蝇在植物的叶子中发出嗡嗡的声音，都是那么熟悉，那么遥远。可是，过去的那些熟识的人却都已早早隔离分开，我要是在这里再见到儿时的一切人，该多么令人心中快乐，有一种怎样的被安慰的欢欣！

我现在居住的地方，这个地域的风土人情，是那么陌生，不畅不适。常常问自己，我为什么到这里来？我怎样迷失了自己？我究竟要干什么？人活着都究竟要干什么？宇宙的无限空间，像无边无际的大海一样深远、神秘！人在这个小小的地球上，匆匆而过，像一只小小的小虫子，悄无声息，不要多么远，只要离开地面 100 米，就会对人发出的种种声响一点也听不见！一个在空中巨大的神，他在嘲笑地看着这个地面上涌来涌去的人俑！

人在宇宙中，何等的渺小，可在心境上，又要何等的阔大！在阔大的心境中，我这个小小的小虫子似的人觉得极自由，极快活！做什么给同类看，似乎很重要，需要同类赏识！不然，太孤独、失落！给什么样的同类看，就是我们人类这些小虫子中还有许许多多让我们感动的钦慕的人，人在这个星球上造了太多的伟大的奇迹，造了太多的罪恶，我们才深深地爱伟大的人，恨可耻的人。

一阵阵空荡荡，再过 50 年一切将归于沉寂……

## 读沈从文

2002 年 9 月 20 日

读沈从文的书，我真真觉得作家可以叙说的形式比任何艺术都好，都高级……也知道，好的东西永远不会过时……

娟子寄沈从文一套书过来，我正好有空，就随意看了起来。沈从文真令我激动不已，他是个这么可爱的大天才，结构是小说、随笔式的，文笔的节奏缓和、轻松，却让每个字、每句话都极具感觉，每个字都有表情，在活动着，像水里一簇簇逆着不急的水流向上游动的鱼，经常在一些不经意的段落里，出现幻想式的诗的语言，就像眼盯着的鱼，一下子幻化为空中的云，水化为蓝天，鱼化为飞鸟……

但真正让人感动的还是沈从文的内心的优美的忧伤，多情的缠绵，每个故事一到结局，令人惆怅不已……故事结束了，可故事里的人与事却让人接着想下去，回味下去，或者说让人恋眷下去……

## 圣诞随想

2002年12月24日中午于北京上苑家中

记得四年前在伊春过圣诞节那天，从清晨到中午没收到一位朋友来电，能够邀请出去共同度过，当时我即发誓第二年决不在伊春过这个节日了。一晃几年，今天的圣诞节在北京有许多的好朋友相邀，反而不想去参加热闹的晚会了。人这个动物是太寂寞了不行，太热闹了也不行。

今天的天气，刚刚下了五天的大雪，晴空万里，空气清冷，风吹得呼呼作响，与往日里北方冬天的情境一模一样，脚踏在雪上，吱吱作响，整个大院子空空的，满眼都是雪，太阳晃得人眼有些睁不开，只想着一个念头，到屋子里暖炕上坐坐，想想往事，这时并不想着画画这类的头等大事……

——我觉得我由于天生资质、遗传，加之北方封闭的环境，实质上是个很简单的人，例如，做个汽车司机或者中小学教师，或者工会干部，或者大学讲师，只要很低能的技术，应付给生活，给对方，剩下的事似乎就喜欢散懒无所事事，随机发起的闲聊、喝酒、散步、打渔什么的，头脑既不累，思想也没大压力，情绪也少那患得患失的大都市人的功名、争斗、苦干、坚韧之类的自我磨励……

就说画画吧，北方环境少雨、少雾气、少水，另一面是广阔、苍凉、干燥、强硬，这些生活场景使我的画、书法都只往“干”里用劲，再说也从没受过高人指点，训练也没有小时候在南方生活的体验，对水气、雾气的韵致从根子里就缺乏，所以见了姚鸣京的山水自然是只能称好，自己无法画出了。

他们这许多人却也写不出我的字来，人家是不是不屑于写呢？有可能，因为就艺术的段位来评比，画还是要高于书法的，我忙来赶去的这些年，总觉得自己各方面都还太不够，故总觉得自己的艺术还没开始，没开始深入地画一样东西。这里面有很深的缺憾感。

一是生活、文化环境缺项

二是读书、灵气缺项

——今天大雪初晴，让我有回到了北方黑龙江边的感觉。这空荡的院里，呼呼的冷风，使我又变成了一个纯地道的东北人。东北人该怎样在人生与艺术上走

下去。一切都从原始，不经设计，不用装饰出发，虽然让别人欣赏，感叹着我的大朴诚实，其实人家未必真的那么感动，只是从中取走我的一点点傻气的“气”去补他们过于“聪明”的“机巧”罢了，因此，我常常在向他人展示我的“大朴”之时，内心很是为自己悲哀起来，为什么“成功”者都是“智慧”的他们？我的大脑里为什么总是缺少“睿智”的“智能”来做画，做人做事，我好像是原料，自己无法加工自己，明眼人却常常来取走些，一经加工便化为上品出售。

当代成功者需要的是：脑力、体力、财力，这三者我都缺乏太多。

如果现在已经回到黑龙江边，过上了每天踏雪、在窗前赏雪的无所事所的日子，内心是否能够去掉“隐痛”，去掉不能在艺术界展示自己的“隐痛”？其实，那外在的痛并不重要，真正自己对自己“痛”之所在是不能在排开一切，进入一个明晰，系列的“智力”智慧，勇气恒心的劳作全过程，这个过程其实就是一个画家很简单要做的事情，一旦做下去五年、十年，外界于我怎样无所谓，于内心总是要被自己鞭笞自己的责怪就会慢慢消失……

河堤速写　纸本　炭笔

在今年夏季，我面对的也是这个院子，满院子长满绿色的植物，充满生气，当时我却苦闷难熬，长夏，闷热、孤寂的长夏，我无法排除感伤，写下了一组组在孤寂中回忆往事的字句，写下的东西很令人感动，可也动了“真气”，故长夏过去，我便大病了一场。

现在，变成了“孤寂”的冬天，这场大雪一停下来的全部境况，一下子把我又拉回了遥远的黑龙江边，一下子我被悬置了起来，与许许多多人都断绝了信息。

（本来，心里也没有什么许许多多人，却在有许许多多人的环境里似乎就没有被抛弃，没有被隔绝。）

心境一下子又变成了十几年前的我，孤独、自闭、忧郁、感伤……

但似乎有一点很有些不同了，现在的年龄令我已经超越了许多过去不能克制的“愁苦、悲凉”，我已看清了大千世界的雾纱背后的无限虚空与静寂。我已不再寄托什么人与事，不再盼求什么热闹与掌声。

想来，还是做个儿童天真、快活，那时对未来充满无限的想象，对世界的艰难困苦一点也没有预见，儿童像一团火，只喜欢热烈地燃烧，在火光中人的眼睛是看不远的。长大了，年纪老了，什么都看见了，看得远了，可对一切的想象与未知的快乐，盼望也没有了……

河堤速写　纸本　炭笔　50cm × 40cm　1999 年

# 近日三悟

2003 年春节初五上午

**要扩大心境，宽容一切，放松一切！把一切看轻！看透！**

1．身体到了极坏的状况，几乎到了要崩溃的地步，觉得肝、肾已经要废掉了，在前日深夜悟到要用超自然的力量战胜之，要绝对相信自己能够创造奇迹，做个伟大的人！让肝、肾怎样坏，再怎样好起来，然后用意念每天深夜贯注此想法，没想到第二天以往的要死去的症状全部消失了，看来人的意念是有一种神奇的元素能够贯注到身体器官上去，能够改变细胞的状况，能够把坏死的清除掉，把新生的新鲜的生成起来，这真是个奇迹似的转变！

2．前夜悟及：从某君睡觉发出的声音悟及，此人有洪钟大鼎之气，许多人都有此气，这个特质与才气关系不大，却直接影响一个人的才气，具有这种禀质的人，都是具有大胸怀、大宽容，超越一般生活细节的能力。

要做到如此，需要扩大心境，宽容一切，放松一切！把一切看轻！看透！想到宇宙，古往今来，艺术只不过是大海中的一点小泡沫，切不可太过于执著，把艺术看得太死、太僵，越超了艺术才能得到艺术，得到大道！

3．昨深夜醒来，又有些兴奋，神经不是马上能再入眠，悟到：我的对艺术的选择问题太狂乱，已经没有了“真气”！追下去，我这个人从小就缺乏“真气”！做什么都漫不经心，都不能专注！由此这些年，更觉丹田气不足，这显示在生活中各个方面……

于是，我伸出双手，伸向空中，向天空、深邃的星空要收回“真气”。做着这些动作，突然觉得“真气”已贯注到双手上，贯注到全身上，手心发热，全身发热，做着做着，竟觉得丹田气也逐渐充实，联想到自己的作为也可以马上抛弃许多不必要的琐碎事情，一心一意一两年埋头做一件事。

——不久，就觉得困了，又睡了一个好觉！

# 体悟大道

2003年10月14日早6时30分于北京上苑宅

**眼下的这些年，是深深体悟传统读书，培植深厚的传统文化与慢慢体悟大道，从而画出、写出好的画与书来的时期。**

诸多的纷乱的思绪，加之人生不如意的遭遇……（孩子超、泊正值人生最艰难的时期，经济方面的压力，老婆的撒泼与自己身体的种种疾病、生活方式的孤独……）忽然，脑际闪过一个念头，这是大喜事，还有如此之不顺的挫折，才是使我能成为创造神奇的人物的条件！不然，一帆风顺，人生一直春风得意，又有何可以称“大丈夫”！我感激一切的一切，使我更加振作超越心中时时升起神奇的念头，调动起内在之气、宇宙之气，加之大彻大悟的对人生看透的心态，肯定会慢慢使疾病化为乌有。惧怕死亡是个最根本的会很快死亡的意志，而人生如斯，或早或晚，都将化为灰土，正如此，人生才有意义，战胜疾病的威胁、战胜惧怕的心理，使后半生强健起来，体悟人生的大道，做事于艺事，画出最好的作品，在60岁之后可以讲演——我怎样与艺术相伴，从一个随时垮掉的病人，变为一个强健而有作为的人！还可以在60岁时写自传体《追忆往日时光》一书，附上过去的油画、素描、摄影、诗、日记等。

# 对传统文化的思考

2003年10月28日早

河堤速写两幅　纸本　炭笔
50cm×40cm　1999年

李世南先生的文章说：一个人最重要的是要寻找到自己的语言，然后逐步完善它！

早起在院子里做完一会太极式，坐下来静思，想到自己一生内心的酸楚、孤独、伤感（加之又长期生活在北方的山林之地），画的作品必然是充满着“荒野之气”的，这荒野之气为主要特征的作品即是我一生作品的基本风格与品格！

可来到京城后的这几年，受到传统文化的众多冲击，产生了强烈地放下原来的追求，进入传统中去的愿望，也确实是下了大决心，要沉浸在传统里面几年，然后再画自己个性的作品。忽然想到了庄子，庄子不可谓不孤独、不苍凉、不荒野，可是庄子的境界太阔大了！庄子的文化品味太深厚了！庄子对人生、对宇宙的认识太超然了！这才是传统文化的精髓！这才是要补充的关键之关键，而不是会背几首诗文，会写几笔书法！会画几笔山水！这些都是表象，但如果有了老庄儒道的境界再把荒野之气加进去，把握好分寸，才会表达出大文化的精神，才

会被真正的才子们认可！

刚才临三希堂行草书，开始只是随形而用笔，只是外表像了，形同了，但却没有书写的冲动与快感（如此这样已经临了几天了）。忽想到李世南的这句话，便在心头、手上找到自己的理解用笔的节奏、感觉，结果一下子就出现了崭新的东西，既有传统的结体、神髓，又有自我的朴拙、厚劲、倔劲！

真是“两句三年得，一吟双泪流”啊！

但最好的艺术作品却是一眼看去便“直获我心”的，然后再品味具有种种的要素，使是最佳的上乘了。

昨天上午秋风人起，刮得人惊心动魄！今天又出奇的安宁，阳光和煦，树影斑斑，暖暖的阳光从窗外射进来，屋内室中一片寂静。在这出奇的寂静中，只听见钟表那嘀哒嘀哒的声音，我觉得了在这寂静中，人的老年、暮年渐渐就会来到。

然而，心境竟是出奇的坦达了，只觉得心野在逐渐开阔，开阔放远，弥漫整个身心，这超然的心态的来到与所剩不多的热力，岂不是一切人生的悲剧？

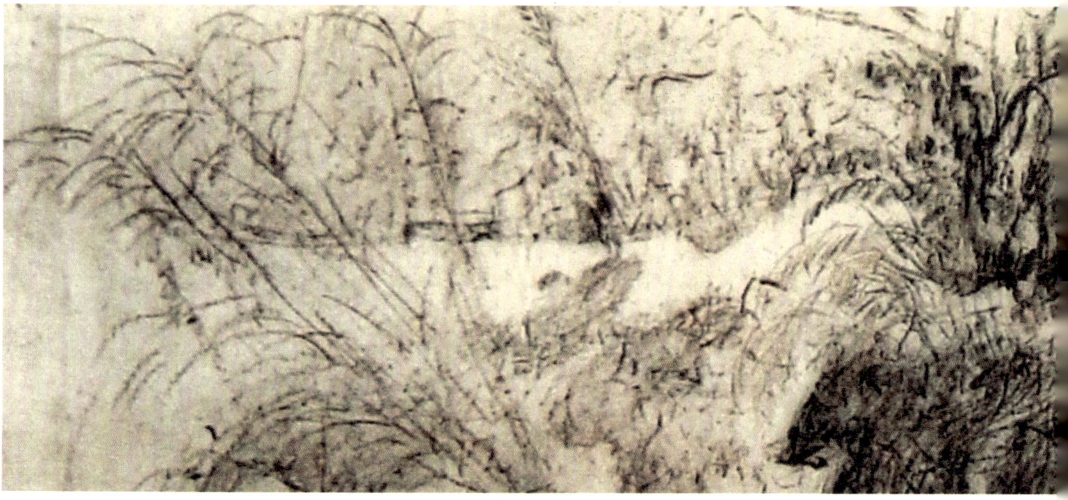

荒草堤岸　纸本　炭笔　1990 年

## 人生境遇之所想

2004 年 3 月 5 日晚

如果一个人生来富贵，长在富贵中，长大只能是有富贵的架子；如果一个人永远生活在原始自然的环境里，只能成为一个善良、朴实的人，但很难有一种广阔的胸怀，很难超越家庭、自身、家族，很难成为一个有用的人。

今晚看电视剧《林海雪原》，勾起无限地对故乡大雪、冬景、生活场景的眷恋。与老三喝了白酒（快一年多没喝酒了），然后谈兴大发，滔滔不绝，说到人生的悲哀与矛盾，可能此生也回不到东北生活了。因为来到北京产生了人生更高的高于自然的意义，而东北人把大部分的才情、智慧，消耗在与自然的搏斗中去了。

另一点谈到的是：一个在大自然生活长大的人，另一半人生能在高级的城市文化中生活，有可能成为一个伟大的人！

# 故乡的初雪

2005年11月3日

似乎是愈是年纪大了，愈是对故乡常常引起无尽眷恋的回想，要说一年四个季节中，最最能先映入我心中网帘的就要说是初冬的第一场雪了。

一年之中，大量积累的人与事像秋末的飞尘与落叶，裹着寒风，充塞整个天空、街道、衣领、心头，这时候的人有些无形的憔悴与粗糙的举止，眼望着风中的尘埃与居室的杂乱，心头的污垢，而无可奈何，无所着落……终于，在一个不被人觉察的夜晚，天空渐渐灰暗下来了，空气中弥漫着湿韵的气味，一会儿，从天上便飞飞扬扬地飘起了小雪。先是很小很小的雪片，轻轻地，一点声音也听不到，过一个时辰，地面上就积了寸把厚了，这个时候，该出去踏雪了。出门是先吸满这初雪的甜凉凉的一口空气，再看那漫山遍野，远远近近的路上都白茫茫的一片了。抬头，看着路灯下纷纷洒落的雪花，此刻的心一下子释然，如解下了不知多少重负，雪花片一会比一会大，并且刮起风来，把雪由上至下地吹成了由西至东的横着飞行，再过一会，风小了下来，雪花又由大变小，由横变竖，由急变缓，由集中变为随意在空中漫舞，过许久才飘落。慢慢观赏着初雪的欣喜，慢慢消退着心头的尘垢。

若是到了第二天大雪还在下着的话，就更令人心中欣喜了。往往在一个上午，我都是一个人穿得厚厚的来到南山之中，尽兴地品尝着这漫天大雪把一切都改变得像另一个美妙的世界一样，既陌生却又亲切。这时的天空还都是灰沉沉的，看着无数无数的雪花片从天空的深远处飘来，似乎预示着生命的深暗之处也将有无数无数不知名的喜悦到来一样。人在这个时候，隔绝了世尘的喧嚣，隔开了满目的看得太清晰的不能使心喜悦的人与物，而且，雪下得越大，地上越厚，愈是觉得过瘾，愈是觉得可以独处，可以过封闭式的生活，可以尽情的懒惰了……

## 京城生活的烦恼

2005年12月17日

**在我的记忆中，生活中的大部分时间都是在有着山林、河流、原野之中度过的，那春天里，走在田野中满眼嫩绿的野草与各种各样的野花，闻着泥土与青草发出的气味，现在只要想一想，还会为之迷醉不已……**

而现在生活在都市中，对这糟糕的空气，拥挤与喧嚣的空间，街头上如洪水一样的车流，冷酷而麻木行走的人群，真好像生活在一所变异病态的大医院中——都市里的人可以说都得病了，得着各种各样的欲望强烈的精神病症，人们发出各种各样的呻吟声，而治愈的希望却微乎其微……

我什么也写不出，画不出，是不是也得病了？得了现代都市人的浮躁、紊乱、奔忙的病了……早上一觉醒过来，脑子里就挤满了各种各样的事情，这种种乱麻一样的，都不过是名利、名誉、尊严、虚荣，似乎还有些真情实感缠绕在一起，像一锅粥，昏噩噩的。

本真的我，像一池搅浑了的水，真实的面目被遮闭了本真的我，是喜欢生活在有着清新的空气，安静的山林之中的，应该说命运已经给了我享受安宁的福分，我却为何偏偏选择在闹市与名利之中忙碌不堪，弄得心神交疲——到底为什么？这样执迷？这样贪恋？这样昏头？虽然这样痛彻反省、痛斥自己的愚执，却还要在起床后按着每天既定的日程去忙碌——多么可怕的愚执！不可救药的现代病人！现在陷入的忙碌，可以说是大脑的忙碌，心灵的浮躁，完全是穿不透人生的假象与迷雾所至！如果能够逃离城市选择一个有着山林、河流、田野，又有相契投合的朋友的安身之处，可以说是人生的大福气了……

难以说得更好。

我还是认为，画家更多的是把精力放在思考风格、主题、形式、技巧上面去。放在读书、锻炼身体、选择健康养生、营养学、生理学等方面。尽量有一个旺盛的精力、有一个能多活些年的打算。因为无论多么有才华的天才，他的艺术的最后成就，也是必须用"锤炼"这两个字完成的呀。（多余）

所以，选择坚韧，选择有超人的耐力，选择克服人生这一段最难度过的时期，而又能保护好身体的精神，才能在命运之福神降临时能有以准备的身体迎接。这样，将来回顾这一段路，也是一种建筑中不可缺少的结构之一。（时间身体）

(4)

是不是这样，给你们浇了一盆冷水。

还望不正之处，一笑置之。

长信 95.6.18 时在
[illegible]寓所

# 只需一颗坚强的心——镜像·自我

我就是这样，总是大难不死，且在像铁杵磨针一样地磨砺着自己的性情，磨砺着我的艺术、我的作品！

# 大难不死

1991 年

我就是这样，总是大难不死，且在像铁杵磨针一样地磨砺着自己的性情，磨砺着我的艺术、我的作品！

我是一个集多种矛盾于一身的人，在我的血液中，流着的血是这样的仇恨与善良，高贵与卑贱，刚强与柔弱，自卑与自傲，大度与小气，又多能又低能，又聪明又愚蠢，本来该早早死去，却又活了过来，本来该早成功名，却一文不名，现在，我是一个生理元气不健康而心理更有着严重病症的人。

我多年的伤感悲凉的生活，使我染上了忧郁病，每到十天半月，必发作一次，且每次都自己把自己的心沉到了黑暗的水底，没有三五天，都不肯打捞出来，这其中原故是不是也有着遗传的因素，但有一点是最最令人悲哀的了！我生就知道自己是个需要被一个高级的人启悟才能被扶持着很快了悟人生真谛的人。而我从小长到大，这个高级的人一直没有遇到，命运却在我长长的生活中设置了无数的陷阱，我一次次地掉下去，爬上来，掉下去，爬上来，岁月催人老，少年不再来。一晃，五十已过，竟还是经常犯着孩童一样的过失，但也渐渐领悟了人生的奥妙。现在坐在这寂静的室内，看着窗外那秋色中的片片树叶，心中一片宁静，宽广平静与淡然的心境终于到来，这代价是否太大了，但这是眼睁睁的事实。

也许该死我没有死，该成废物没有成废物，就是隐藏在我柔弱不堪的身体内部有一个秘密的暗盒子，那里面每次都在我濒临绝望时，放出光芒，它让我振作，让我重新获得生气，让我继续用惨重的代价来创造人间奇迹！

# 集大悲与大喜于一身

1991 年

**我能够活着，顽强地活下来，并且能够部分地实现热爱艺术的理想，比之与我相仿不幸的许许多多人，可谓足矣！**

我似乎生来就注定是集大悲剧与大喜剧于一身的人，悲剧是我想在父母未生下我时便为我注入了一颗好强、好胜、一旦热爱上什么便必得是最最顶级的不甘认输的种苗，可偏偏在生命刚刚要长大懂事的时候，便大病一场，之后便成为一个只有半条命的人，不能学习，不能饿着，不能熬夜，不能纵情挥霍生命的热能，疾病的折磨，死亡的阴影，多少年来一直与我像影子一样紧紧相随，然而，一颗顽强的心与不认输的气，总是经常体验着酸楚的败下阵来的痛楚，为何不早早放下？为何不任性逍遥？这颓丧的念头与鼓舞斗志的振奋纠缠打斗了几十年，一直到今天……说是大悲剧，是因为我先天身体孱弱，后天大病缠身，就我所知道的与我同样病症的人都已早早死去了，我却多次闪绕过了死神的暗礁，在病痛中，近乎于一支半烧半灭的蜡烛一般，顽强的信念，数年的锻炼，跑步，冷水浴，我活到今天，并且能够娶妻生子，一直持续从事艺术事业，可以说，这也算是个奇迹了。说是大喜剧，就是我能够活着，顽强地活下来，并且能够部分地实现热爱艺术的理想，比之与我相仿不幸的许许多多人，可谓足矣！

但是，由于疾病与生活的艰辛，经常生活在孤独与失落中，我在精神上也是一个有着严重病症的人，可以说，就是一个有着身体与精神双重疾病的病人。

# 我从哪儿来？

1991 年

**人类中为何诸多人只有毁灭了肉体，才能在精神境界上达到至境。可更多的人，在平凡又平静的生活大河对岸，为保全肉身而平庸。**

写到我自己，马上脑际闪过的是：我是谁？我从哪里来？我认识我自己吗？我最清楚的人是自己吗？我与这个庞大的世界、人群、家族、亲人、朋友到底存在着什么样的空间、语言、肢体、感觉关系？我为何在童年时只知道饿与痛的感觉，为何在青年时萌发对异姓的莫名的美妙的向往，为何在成年时情感如此丰富，为了至爱的幻想，可以去走遍天涯海角，又为何在青年时内心深处充满了失落与无奈，然后又寻着了一条通往自慰、自解的道路，变得豁达、平和……

这难道是上帝有意为人类伏下的玄机，上天让人类可以达到极幸福之境，又让人类没入无底痛苦之深渊。我不能说我自己没有充满美妙、奇特的精神触觉，我要感激上天赐给我这超乎常人的敏感的“无奈的魂灵之痛”，可又常常羡慕安身立命、天生就似乎麻木不仁的周遭同仁。

自画像

# 之于两级之间

1991 年

**我在两极之间，既不能快活地生着，又不能悲惨地死去。我的心如一枚忽明忽暗的灯盏，生命竟如此脆弱，又如此顽强、坚韧！**

对我今天已经“五十有三”的人生来说，如果长命的话，可以说前半生总结的一句话就是“事与愿违”。我最渴望的梦想是什么，就会什么也得不到，而许多你并没有朝夕盼望的却纷至踏来。

我常常听到同伴们说有过三天三夜没合眼一直画画的事情，这在我听来像听到一个国王可以拥有整个王国一样的快乐与富有。可我有生以来，还没有过一个通宵不睡而不知病痛的滋味！不过我有过连续三天三夜像是狂游的闲人似的生活。在这样的几天里，病痛没有附在身上，可这哪里是我真正的快乐与享受！我要的是工作、作画、作大画！这个祈愿只能永远作为来生的梦想了。可我在今日还是要发大愿“我定会再造奇迹！身体的奇迹！”其实，几十年来我之所以没有死，没有变成一个真正的疾病患者，还就是靠了我这内心深处常常自己激荡出来的充满着壮丽的意念，使我一步步从无比艰辛与病痛的折磨中捱过来！

上天让父母生了我，莫不是要考验我是否真正领悟了他们的真意，让我十年、几十年地生活在病痛的苦难的深渊。最后，让我像一条蛟龙，从大海深处一跃而起。人生如何确立幸福的标准与测量痛苦的深度！在两极上都有无数的人在上面洒满鲜花，欢声笑语与无奈的哀叹，直至放声痛哭！

“我的心，如鼓起的帆，一会升上金光闪烁的海面，一会沉没海底。”B 超、X 光片上显示着我是一个五脏六腑都一无完好的人，我注目着 X 光片，又一次不认识我自己的躯体是何样子，又一次不相信我的意志会与我躯体已经成为了要互相为敌、互为搏击的对手！

常常想到死，死去后的漆黑，冰冷空寂，那是一个人人惧怕又人人必须走过去的地方，人人都不愿去，不愿意过早地去，我也如此，却在此时，站在生死之界，转过身来，来看生，能够得到生的欢乐，生的诸种体验的热望更强烈地燃烧起来了。

# 生活的玄机

1991 年

如果整个地球上安安静静，人人都向内心求得快感，人人晚上祥和安静，整个城市、街道、场所都安安静静……啊！这是一座什么样的有如天堂仙境的城市……

其实，引起种种悲观绝伦的念头都只因为“放大了本性的欲望”所致！“人”的最最可悲的悲剧是向身心外扩张，又对幸福、欢乐的要求太高了。

人对痛苦、悲惨的境遇知道的太少了，如果反身向内，向着心内最最喜爱、最最有才华、又最最简单易行就可以经常行之的事情去做，你就是大福了，大欢乐了，一旦人人都知道醒悟了这个玄机，这个苍天给予的最简单易行的简单的生活，这个喧嚣的世界马上就会安静下来。

我的悲剧性在于我一次一次地发现：如果我从小是个健康的人，是个受过良好教育的人，我如今就会是个巨匠式的人物，因为我的气质，我的超人的毅力、意志与领悟力，肯定是个越超许许多多的人。说是我的命运是喜剧，因为生了我这样大病的人，能坚持苦捱到今天，在身体许多器官已经快老掉牙了似的时候，又从心底生发出了转变，从内里彻底发生改变，改变忧郁与伤感，马上身体又会出现第二次奇迹，一个健康，面色红润，充满快乐、活力的年轻的我就会出现在世人面前。

## 深夜静思

1991 年

命运是苦苦的、咸咸的，海水一般的苦，常常还做着美好的幻梦，艰辛的日子，一杯温热的淡酒，就可以延续浸没在涩涩的酒水里发凉的心。

往事像深夜里海岸边的潮水，不断轻轻地拍打着幽暗、深墨色的礁石，涌动着难以述说的带有海水咸咸涩味；思绪像夜幕中没有阻遮的网，随着涌来涌去的浪头，拍打在思绪的滩头；往事也像推开的浪一层一层地时浮时现……

是爱，是温良的善，亦是永不复还的沿着流水的怨……

怀着凄怆的哀伤，心头像铅灰的天空无着无落，一直飘向寂静无声之处——恍然隔世，复苏的呼唤，让生命充满感激与咽噎……

命运是苦苦的、咸咸的，海水一般的苦，常常还做着美好的幻梦，艰辛的日子，一杯温热的淡酒，就可以延续浸没在涩涩的酒水里发凉的心。幽黑的水里映着往事的身影，激情与忘却，随着退去的潮水渐渐推向愈来愈浓重的天之极限……

自画像
纸本　水彩
30cm × 50cm　1999 年

# 缠绕自己

1991 年

他（她）们现在何处？他们的情怀是否与我柔情寸断一般？啊！这不可思议的生命，这让人万般无奈的生命……

一个人静静地待在这所空空荡荡的大房子里，踱步窗前，外面迷迷蒙蒙，满院的树，草已呈现出绿色的生机。一股春天泥土发出的气味一下子把我引回了童年的时光，回想小时候的每年这个日子里，春天总是刮起微风，凉爽、温和，吹的人暖暖的，田野里已经冰雪化尽，被阳光照射的似乎几经涨开的黑夜的土块上面，已经长出了各种野草与小花，散发出浓浓的混合着由地气、野草、泥土夹杂着在一起的扑鼻的气味。少年的心也被这暖暖的、空气中的气味撩起了对未来不可名状的、五光十色的幻想。啊！是不是在将来，要沿着田野里的这条小路，要沿着在故乡所见的惟一的一条铁路线，在远方与地平线交合在一起，从这里去走向无法预知的人生世界，走向无尽的懊恼与欢欣，走向给我母亲一样慈爱的女子，还有鲜花、掌声、灯火辉煌的晚宴……这些天真而浪漫的幻想，后来竟然在我生命的行程中一一亲身阅尽了，在心中留下了许许多多难忘的场景，令人神迷心醉……

现在环顾房前左右空空荡荡的大院落，只身一人，在重新回忆以往的景象时，心中充满了惆怅与失落，在只有一个人静独的回忆往昔的沉醉与甜蜜时，我暗问自己：这一切难道会是亲身经历？会是在充满新鲜空气的阳光照耀下展现的人间世事？既然是亲身经历，这一切又为何像远去的烟尘一样愈飘愈远，怎么用双臂也无法挽留，怎么也无法让那一丝丝的情境重现，生命的每一时刻过去，便永不再来！回忆竟是这般的残酷无情！竟是这样的让人失神落魄……唉！能让人不忧伤、不悲戚的时光要是能够倒流，让我们回过头去，寻找那少儿时的春风、小花、田野，再让那些无邪天真的小伙伴与我一起长大，并且永不分离。让我们在经历了生命种种痛楚的磨砺，而情感与精神变为坚韧丰富之后，我要与你们再次相遇，并且我们的脸上不要布满皱纹，让我们的身体不是龙钟老态，让我们的眼神能够发出智慧的光彩……

啊，少儿时的春季，那混合着野花与黑色土地冒出来的气味……还有那春天里的风，干干的，凉凉的，刮得少年的心，撩起多少对未来的幻想……

而此刻的我，却似乎陷进了一个大大的深井里面，心中幽暗，身边没有光彩，记忆来到此时，也似乎都被切断，我感到孤孤零零、无依无助，我感到空气变得稀薄，呼吸变得困难而微弱……我张开嘴想要呼唤，无助地伸出双手要把过去的时光召唤回来，却又明明知道这一切只是徒劳，就像用双手捧起一池春水，很快就从指缝中全部流光。

人们在这美丽的时光里，却都蜷缩在小房子里躲避着，悄悄袭来的无情的瘟疫，艺术在此时，竟显得这般的多余、这般的脆弱，生命也似乎已无多日，儿时的对未来朦胧的充满喜悦之情的期盼，在此时也像一个被粉碎了的花朵一般，纷纷散落在地，一个成年的我，一个经历了人生种种情境的我——四肢松散，气息微微，心神无主——啊，生命之火马上就要熄灭，种种人与事，都已离我远去，无人相伴，没有友谊，没有欢悦，没有生趣地行走在一条深绿色的大树遮的阴影中。在树丛与天空中，隐隐传出了欢声笑语，那是许久以前的时候，这里也行走着一群群也是我童年、少年一样大小的孩童们……

思绪在幽暗的深谷中滑行，生理的肢体只按照本能来呼吸、活动、进进出出，变换着、重复着与前一时刻一样的节奏程序，在这种时候，我想到自己只是蠕蠕而动的一条虫子……

沉郁的思绪，像轮子一样慢慢转动，渐渐有了光线，有了起伏，思绪重新回到田野春风里，飞翔在野花与泥土混合在一起的气味的盼望里，飞翔在对未来不可名状的可能发生的种种奇遇里，这只有人才可能有的美好的思绪啊，虽然它像魔神一样把人缠绕，让人百般无奈，万般愁肠，可惟有如此，人活着才别有意味，别有情操，才有着在静独时，一个人对悲欢交集的往事慢慢品味无尽的沉迷……

# 自我封闭的臆语

1991 年

自我折磨来自欲望的深层。

欲想成为幸运的角色，却时时发现自己是在深渊的悲剧人物！

还有那对之倾心的女人的献媚，一旦倾心，便失去自珍的重心，他需要自我折磨。因为那些能为人类唱出优美之声的圣人在前世就已把罪恶的念头，犹疑多变的思维，软弱不堪的虚荣修定完毕。

来到这世上，就落在一位风韵、白袍披身的夫人手上，在她双臂的渐渐伸开的方向长大。

纯粹、坚定而健壮，没有经过欲想而深邃……

他这一生所要做的却是他低下头来，观看自己的躯干与四肢，长满苔藓，附着结实，像被浸泡在深水中的甲鱼牢牢地抓在岩石上……

他看到了辉煌，自己却只能发出黑暗的声音。

他听到了颂歌，自己却只能喃喃地不断忏悔。

他看到了强健的勇士，自己却渐渐干枯，他想到了远行，身体却被藤蔓捆得结结实实……

只有一点自我折磨还存在……

窗外时时走过形体很美的女人，这时的他把眼睛伸过去，内心闪过的念头是苦思，死亡是一种高度吗？其实它只是一种认识，人类只有在生存的清醒中获得不断深入了解这个世界奥秘的认识。

或者说敢于死亡是一种勇敢，这个勇敢之后的再认识就不是这个世界上的人能够了解到的了。

生存是一种折磨吗？似乎不可否认，因为人有各式各样本能的欲望，这种种的欲望，永远使人类的多数成为平凡欲望的俘虏。我们之所以羡慕那些圣人，就是因为他们也有与平常人一样多的本能欲望，一样多的折磨。

但是，他们选定了一种信仰，慢慢培植起这信仰成为他们最大的欲望，惟有

这惟一的欲望，至高的一种欲望，带来成功与失败，可以折磨他们的高贵之心！

他惟一的欲望如深海中露出的峰，许许多多小小的山顶被海水浸没，看不见了，被窒息了，死掉了，惟有这山峰慢慢生长可以俯视大海，自己的根也在海之深处。我愿意——或者说时时有犯罪的欲望，愿意犯罪而不被发觉，害怕失去名声和自由。于是，产生了世间的很少被发觉的罪犯。

愿意不通过强行的手段得到满足，免得过后忏悔和自我折磨。

——于是产生了幻想的神人和小说传奇！

犯罪的念头有时是很爽意的，是很合理的，但社会的伦理不合理，不爽意的人们害怕罪名，坚守正常的生活得以生存，而人的心理和生理却因了正常的范围的生活而加速衰老！

也许犯罪欲望来自他最高尚的内核，因为高尚坚持得久了，人就太勉强，太累，并且有干枯的感觉——转而思维向另一个极端。

民众是既没有大罪恶也没有大高尚的。

高级的乐曲应该是给予智慧的劳动者休息的慰藉，娱乐。一般性的娱乐，是产生通俗歌曲的根源。

一个人提出过吗？我到底是不是个醒着的困觉者，一切随游梦而快乐、哭泣，一生都不曾醒过来！

清醒的睿智的人从内心拒绝睡觉，讨厌做梦，梦使他狂乱，使他打破有秩序的理性。那么，虚狂的追求，得到欢乐的女人是不是白日里的梦呢？一旦这些夜晚霓虹灯下的色彩消失，当你面对静寂的夕阳照射进窗内，你怎么抵挡你失落的惆怅呢？还是拒绝夜晚的狂欢与能够色迷你的女人吧！

40岁了，他要醒过来！但是沉睡的梦做的太久了，他自己是谁，过去都由梦境里的人来告诉他，现在他面对真实的太阳与楼群，他觉得他什么财产都没有，同时产生了自己清净，自己马上就要属于自己的喜悦！

是不是一个真正健康的人就需要十足的营养呢，我们可以看到正在发展的当代的中国，过分的酒肉，使人的肚子涨大起来，晚上放出恶心的红光，他们沉重的身体，是积累起肥肉与精液的仓库，储存愈多，愈能够使感官满足，精神平庸。

营养得太好了，女人高级的肥料，使你们像盆里的鲜花，红火、骄艳，只一味地需要最温暖的房室与精致的化妆吧。哪怕一点点小的风雨，都将使你们经受

不住……很快地凋谢……

无论你是需要女人还是不需要女人，你都要拒绝她，超越她。

我对女人的需要像一个浅浅的小坑，只要灌注一点点的水，就足以了。但要再多注水，就要使我的心受灾。

女人最初给你灌注的是纯真、羞涩、虚假得美丽的温柔，再接下来就是撒娇、贪心、可耻的无尽的占有你的一切空间，直到把你的血液吸干！

——因此，你一生要保持与女人的距离罢！

是外面的世界丰富呢，还是你内心的世界丰富呢，当你年纪轻轻时，是外面的世界丰富，当你年纪变老时，是你内心的世界丰富。可悲的是年轻的人在年轻的时候，就拒绝了世界的丰富，年老的人到年老的时候内心还是苍白一片。

从朋友身上我受到启发，或者说我们互相受到启发，从朋友身上我看到了友谊不能过分向前发展，或者说我们由此感悟到人与人之间的冷酷、孤独！

因为我们在孤独的时候去寻求他，在寻求朋友时更深切地感到了孤独。

从几十年的昏沉的生活我们可知人有别于其他生灵的两个特征：人是情感很美，理性很美的生物；人是情感很差，理性很差的生物！

挖掘至高的情感，至高的理性，是人类从古代到今天有思想者沉重而愉悦的工作。你至高的理性与情感不是记录在你的格言里，或者说停止在这格言里，它是你每天清醒而细微的工作，漫长的几十年的勤勉的工作。

一个人听到想到的东西，往往不是由于你的愿望而得到的，愿望是个令人失望、痛苦的概念！

——我想，人类（哪怕是最高级的哲人）最基本的愿望都是需要健康、优美、高雅，得到这些的人，就成为幸运的人。

而所有的哲人，或者说有各种大成就的人，恰恰他们的成就与他们本能的愿望背道而驰！

我们看一看那真正深邃的人的两只眼睛吧。他告诉我们，他首先痛恨人类身上的一切软弱，诸如：缺乏自断力，贪恋女色，轻易激动，狂妄，小小的柔情！他的眼睛让我们想到他的灵魂犹如是一块冷峻的坚利的冰块，冰冷得令柔软的温情收敛！令乱蹦乱跳的激动逃之夭夭……

啊，他没有长者的慈爱、包容，他自己就是痛苦，就是绝望，就是利剑！

啊，你这冷峻的眼睛，无情地嘲笑那忙碌着却不知自己有何价值的忙碌者。

你无意、无心带上那想理解、靠近你这颗孤独高尚的心的另一颗心！

其实，惟一能证明一个人还真正是活着的还是死去的——那就是他敢不敢寂静下来，慢慢审视他自己，活着还有什么价值——他还能潜入大海的深处么？！

当我每日与妻子、孩子、朋友、外界的事务相接触时，似乎每时都感觉到了自己的存在——但是，却隐隐地、愈来愈强烈地要寻求另一个自我的存在！

当我现在从清晨到夜晚，从今日到明日都是一个人独自生活时，却感到自己无影无踪，空寂、失落，那隐藏在深处的另一个我迟迟地不肯出来。

现在，既失去了外在的我，又没有内在的我，我只有一个空壳，一个皮相，一只钢笔，一个橘黄色的台灯……

我还是被卡夫卡的谈话征服了，他这样、或类似他这样的圣人所能说出的思想，永远令我感到对自己的部分失望——先转述这段他的话：——倘若鲁宾逊没有离开岛屿的最高处，或是正确地说，视线最好的地方，把那份吮取安慰的渴望割弃，也把那团浑然的怯懦或是恐惧、或是无知或是期望割弃，那么他一定很快地死去，但正因他没有注意海上往来的船只，没有寄望于那只无用的望远镜，而开始去探索整个岛屿，并且因此得到了乐趣，而设法使自己活下去。最后，经过一番合理的必然因果关系，鲁宾逊终于被人发现了。

卡夫卡的这令人甚为叹服的深刻哲理的讲话，开始令我一阵妒忌，因为我发现了我与他之间永远的距离！可是，我又安宁下来，如果这样伟大的人太多了，那世界有什么意思，卡夫卡活着又有什么价值？我领受他赐给人类这珍贵的礼品，这使人能安宁下来的礼品，我只需理解并按照鲁宾逊的方式活下去，就自会获得充分的乐趣。就只争取做个鲁宾逊，而无法做个卡夫卡。

自己落进深渊，而害怕别人同情。

自己升上福运，而不要暗含伤人之心。

您高举的火把，不要只为着指明众人的路罢！如果你首先照明你自己，然后能够指引一个能够理解你的人，就足够了。

——而你，被那圣人指引的人，不要做他火光下的乞丐吧！你要审视他，批判他，赶快把自己心中的火把点燃吧！

对自己寿命的要求：60 岁就是个限制了。对自己生存的环境的要求：像鲁宾

逊那样也能活下去。

对各种欲望的要求，首先淡漠对女人的渴望，然后就是名利的渴望。

生活的方式：孤独的、悲剧式的。

一个少女被环境所孤寂，是悲剧。

一个老人被环境所喧闹，也是悲剧。

一个人走遍世界，也保持他的独立；一个人只有一座山村，也要保持他的独立，这是因为他们都有十足的自信！

忍耐不了贫困的人，也必然忍受不了富贵！忍耐不了寂寞的人，也必然忍受不了喧闹！让我们在四丨多岁的年龄结束那样喧哗的一切，品尝一切的好奇心罢。

让我们的生命活力从这个年龄开始旺盛罢！

——啊！人类，那些崇高的人，你们不过是在追求纯洁，那披着白色圣洁的羽衣，那潜伏在灵魂深处的热爱人类至高的德行——你却已将憎恶之心表露肤浅的举动。

而艺术家，面对你的热爱的景物，你能够如醉如狂吗？

我这样问自己，我明了了。

所有埋怨客观不如意，使他不能伟大的人都是他自己并没有陷入狂醉里……

我终于从童年的幼稚之心中觉醒过来，不再把爱简单地投放在亲人、妻子、女儿、朋友身上了，那样的爱令人太过失望，令人伤感，令人产生怨恨与孤独，那继续活下去的快乐昂扬的情感就是要向自己内心深处探求所有的关于克服人性弱点艰巨过程的体验了……

难道高贵之心，必须从遗传和遗产中得来？我们羡慕遗传的高贵，羡慕遗产带来的财富，但是遗传的高贵往往因为遗产的消失而使你贫穷，贫穷使你衣饰平凡，但你的气质要高贵，财富会使你高贵，同时又给你带来傲慢！

我从那还不属于自己的追求美与善中失去了高贵！我从那碰撞得流泪的心中重新获得了高贵！

清晨的山峰与河水那样清澈忧郁！无法不承受的忧郁！现在拯救自己不要强行去欢乐。而只需一颗坚强的心，像沙漠中的一棵植物！

艺术应该是非常非常缓慢的事，要像古人做学问那样，缓慢到像冬眠了一样，在其中品味，体验，慢慢地向前推进。

# 四月的故乡

2003年5月1日

故乡伊春，这个在黑龙江的极北端的小城，在内地人心中想象的是深山老林、大雪、严寒、野兽出没、杳无人迹……

每年的四月，如果在江南，必定是山花烂漫，细雨和风拂面，使人心醉神迷。可在这里，春天的到来是何等缓慢，何等艰难，此时的春天，竟然是一年之中最令人感到凄惨、哀伤而不忍目睹了。冬天厚厚的充满诗情的白雪已经化尽，露出漫山遍野凄凄的荒草，所有树干都光秃秃，天空布满灰沉沉的冷云，一阵阵的阴风从四处袭来，刮下来沥沥的冷雨，吹得满天灰尘，滴得脸上冰凉。最令人感到颤栗的是，从山谷刮来的风，像是一群群受伤的野兽在奔跑中发出的哀叫，越过山林，越过河流、堤岸，漫向整个田野、房屋，漫向每一个行人！啊，这凄凄哀哀不止的风声，至今好像还吹打在我的胸口，令人隐隐作痛。

来到野外、山边，看到远山被一层层灰色的树簇拥着，推远……一直连到那急奔忙乱的阴云上，阴云向四处游散，远处的又忽的飘至眼前，四顾望去，整个天空的阴云把视线之内的一切都笼罩在其中了。弯曲辽阔的大河，岸边还剩存着一堆堆没有化尽的冰排，冰排下面是暗黑色的污泥，混沌的河水，一声不响地默默流淌，如果在近处就可以闻到那腥腥的泥土与冰水溶在一起的气味。坐在长长的一眼望不到尽头的河堤上，听着荒草被冷风簌簌吹响的声音，这时，眼角里就会含满悲凉的泪水……

这广阔的荒原，这凄凉又壮阔的天空，这充满伤感气息的山谷，冷风凉雨让人心中沉沉的无法排遣无奈的愁绪，也就是这凄凉的荒山野风，也就是这孤寂又孤独的荒草河堤，让我的生命与它紧紧相连，让我的灵魂为之迷恋——啊——对故乡这份深恋的怀念，是我的生命之美丽的哀伤的情丝，使我们成为难以分割的一体，成为喜爱孤独悲凉之凄美的难舍难分的心之深处的恋人……

又使陆陆续续画了一批创作，风格还不稳定、主题变化也大。但都还是延续画家的主观的寻心猜之为"令人感动的作品"。

△ 这三个月来，躁动于内心深处的苦闷（或者加之对自身、对自我某种已认定的程度）

(二) 终于象一阵洪水从各处冲塞过来（许多杂木烂泥、阻塞）创作的意识是流的河流、艰难、滞缓……

△ 一个艺术家有时很难说清自己是什么类型的能力（这一点实质上非常重要），我的看法：你总在精神上早已说在一个意象的位置，因为我认为，只要你想法明确，有感觉、把握快而且，就会同时产生技巧。（也就是我所自己认观念）

[struck-out line] → 要有主题与自我语境的表达、必须以牺牲方方训练的技法为代价）

# 酷爱艺术的徒子——信笺·交流

愉快地感激生命，感激生命所带来的一切不幸……

再次请求原谅我的打扰，并且继续使用这种方式，但愿这种方式不会使我们隔开、变得冷漠，而是让我们能够思索与培植内心里隐秘的艺术之神灵的生长……

# 致文骥先生

尊敬的文骥先生：

由于见面很不方便，就把我今天早晨对您作品的“醒悟”式的认识写给您，以供您批评，看是否说到临近您作此批画的本意，如搔不着痒处，那就弃之废纸篓里罢了……

大上个星期天，在您家中做客，见到您新作的几幅大油画，觉得大而平静，凝练，内涵，弥漫着很浓的诗意；接着又看到了您几年前画的小一些的油画静物（就是指画纸箱、吊瓶、报纸、日光灯这几幅），当时很惊叹于您技术上的绝妙，把物象刻画得入微至极，就有如实物摆在面前一样（却又不同于实物）。马老师说：“这样的画没人买，画的破破烂烂谁要！”我随口说了一句：“马老师卖画，供陈老师进美术史。”可心中也犯嘀咕，花这么大精力，选择这个题材，太不值，有这样的绝技如果画“美”一些的物象，该是多么令人惬意啊！遗憾！

回来后的这些天，见过的画都渐渐淡化了，而您那几件作品倒时时在心中浮现，在眼前晃动，就像我经常使用的纸箱，见了也不在意，不在意中又经常见，还有那经常要经过的一段灰灰的路，扬着风尘沙子的天气，与常常灰灰的沮丧的没有一点精神光彩的心情，常常回避不了，逃脱不掉。日子常常在灰灰的空间，凉凉的心情中过去，像画中的冷冷的日光灯，凉清、孤独、幽暗，呼吸也微弱起来。闭上双眼，满世界的灰纸箱、旧报纸，死寂一般的灰色的楼群，在寒风落叶中无奈的东西奔走的打工人群……让我们再来体味一下克莱尔的诗吧：“他们像生活的影子／出现并消失／像健忘的主人甚至丢失了灵魂／然而我依然存在／尽管已被抛进——已能抛进无谓的嘲弄与喧嚷／已被抛进醒梦中的活的海洋／”这样的描述与您的画中的情境是多么吻合啊！

我现在醒悟到您作此批画所选的题材与精神内涵是深有所思，深有所感而为的了。您真真切切地体验到了生命中灰色的无奈，与灰灰的静幽，当然，也有灰色中的欢愉！无疑，您是选择了“丑”的题材，被弃之不顾的题材来画（倒不如说，选择了不被人发掘的题材）。这丑的题材与内容倒是与这个时代更真实的生活与精

神暗合，与思想者孤独者的心境暗合。

毕竟，鲜花与歌声笑语都是在戏剧化了的“舞台”上做出来的为多，而平日里的生活哪一个人能回避了这最卑微又最实在的常常被人遗弃的纸箱呢？谁又能抛弃掉自己如日光灯一样清冷的心境呢？

您的作品与生活中的真实很贴近，与人的心境内在的真实更贴近，您用精致入微的画笔象征与隐喻性指出了这个时代中存在的颓废、无聊、恐惧、忧虑、无奈、荒诞，甚至于沉寂、死亡——这种摆脱了温情柔意，而带有负面的诗之性质，也许，我们这个时代需要产生这样负面的“纪念碑”！

您描绘的这些平常之物，却并非是多余之余，它们能够唤起我们人类加诸在其上的耗损与破坏，以及它们曾经提供给我们的服务，由此，我们可以想到生活上诸多的纪念碑。桌子、椅子、一枝笔、手套以及眼镜，它们既蕴含着创造它们的人类智慧，也提示着人们曾经借助于它们而进行人类的种种行为：休息、工作栖居和阅读等等。

这些平淡无奇的，但却常常与人们交往不断的纸箱、瓶子久而久之，由平淡转而落下印痕，由微不足道转为记忆中突出，就如我们要告别一所住久了的房子，这所房子里的每一件微小的物品甚至墙上的几条裂痕也使你留恋起来，平时我们却常常不去注意到它们的存在。您把这种隐在人们视线背后的却使人留下深刻印痕的小物件用精微的描绘展示在人们面前，使人们从生活与绘画两种提示中再一次发现并品味着现代人内心的孤独的灰色空间与少许的温情……

文骥先生，以上是我随感而乱写的一点对您的大作的体会，肯定会使您见笑的，随手扔进纸篓便可。无论怎样，您的画还是将以缓慢、迟迟的“清晰”让更多的人有所触动的。“进美术史”是不用怀疑的了。

祝您与马老师愉快

2000年大运！

徐忠平顿首

1999年12月20日于和平里北街九区甲二号东门303室

# 致王培元（一）

培元君：

寄来的十盒磁带收到，欣喜若狂，正巧晚上家中来了几位朋友，便一起喝酒，听您寄来的交响乐。我们在这远离文化中心的深山小城里，一下子听这么多美妙的音乐，能够饱餐一顿音乐的盛宴，都连连感叹不已，大家都喝多了。半夜，剩下我一人，画起了自画像，然后还是倒在床上听音乐。没脱衣服，一觉醒来，已是凌晨4时了。头疼得厉害，第二天躺了一上午，没能出去“写生”。这几天，我已找人把您寄来的磁带作者、曲名翻译了过来，并且基本上听完，您给我精神上带来的安慰是我无法一下子表达的——我现在太需要音乐了，似乎比需要情人还重要得多……至少在这个冬季，我可以有音乐陪伴，而愉快地度过去了。

当我深夜里独自戴耳机听着巴赫优美而忧郁的旋律……当黄昏里我一个人静静地在室内闭目听着海顿的协奏曲，一曲完了，睁开眼，整个房间与我已沉陷在黑夜的掩幕之中了。窗外，浓郁的暮色——青蓝色的云远远地挂在天边，宁静而广大……街角的路灯渐渐亮了起来……

当我背上画具，从家中出来，走在北河的大堤上（我每天上午8：30分出门，到北河作画，大约需走30分钟），耳机里放出马勒的交响曲，急促而有些怪诞，有着明显的“现代音乐”风格，中间插一段妙极了的女高音的歌唱，使我像喝醉了酒一样的迷醉，眼前所有的景物都微微地随着我的心而颤抖，随我的心而飞扬……

感激您，亲爱的朋友，在我生活在近乎是隐居者的孤独中，有这许多乐曲为我作伴，而且会为我的艺术增添无尽的养料！

这个冬天，我将会过得很平静，经过了令人难以熬过的最令我害怕的炎热而沉闷的8月（那时，我像一艘远海上遇难的船，向几个方位发出求救的信号，可没有一只小舢板划过来解救我）。我经历了精神情感里面的种种折腾，还是回归于我的天命——必须过着与常人不同的孤独生活，像这渐渐冰封起来的北河一样，许多欲望与杂乱的念头一一封冻起来。只是在灵魂的深处，像这冰层下面的浓黑色的流水，一刻不停地沿着命运与神灵安排的方向自觉与自愿地向前涌动……

我现在基本每天出去画写生，我的画正在一次次地经历着不同风格的变化，渐渐地出现了更接近于真实的我的东西。我想，在书法方面，我用去了近十年的时间，才算有所建树，而在绘画领域，也最少需要十年的摸索啊！当然，我并不是刚刚起步，只是艺术的工作需要时间，想迅速成功是没有可能的。我经常翻看着梵·高、塞尚、雷诺阿的画册，他们的才华、他们的心灵，令我崇尚不已！相比之下，我的画还远远没有出现坚实而沉厚的东西，可是，冥冥中心里有一道光束，在暗处，在我眼见不到、耳听不到的幽深的心灵暗处向我传送出一阵阵的热流，它融化了我多少在生活中的悲苦，在精神上的创伤，它融化了已经把严寒的霜冰推到我脚下的睁着邪恶双眼的魔鬼发出的令人恐惧的狞笑！啊，它是什么呢？“是爱也，动太阳而移群星。”（但丁）我注视着这爱，我的纷乱的心渐渐地收扰，我注视着这爱，我的脑际不断地闪射着灵性的光束！我注视着这爱，在这爱之外的，我皆看不见，在这爱之内的一棵树，一幢白色的小房子，它都使我的心颤抖不止，我在飒飒的寒风里一笔笔地把它描绘了下来……

就在给你写这封信的间隙，我的心又陪伴着我画笔，伴随着一个笨笨的穿戴着涂脏的服装，一个流浪汉到北河作画去了。我的这副样子，让女人们很害怕，因为我的头发很长，胡子也很长，可我自己喜欢我这个样子，像我想象中的帕格尼尼。我崇拜帕格尼尼，我崇拜他提琴乐音里面的伟大的神经质，他用无与伦比的激情让手指在琴弦上描绘人生的欢乐与郁伤……听他的乐曲，我的心难以承受这巨匠的澎湃的浪潮——我用手抚动着前胸，让自己接受下来……

我是一个酷爱艺术的徒子，为何生有这千般柔肠、万种风情——艺术！啊！能够拯救人类灵魂的艺术，它本质上是深刻地关心着人类的善、爱、美的使者，热爱艺术的人啊！你怎么能够不深深的悲哀呢？振作着精神，怀着深深的伤感，担负着苦涩的运命，一个世纪末的艺术徒子的身影……

好了，唠唠叨叨，又一次与您这么长时间的对话，很怕打扰您。

下次再叙

祝愉快，并问全家好

忠平

1990 年 11 月 28 日夜 12 时

# 致王培元（二）

培元兄：

今天收到您寄来的一包书，我想便可以给您写回信了，加之近期忙碌修房子，也积了一批信没有写，而且有些是要紧的事，我都一直积压着……

在认识现实这个问题上，我觉得您一直比我清醒与客观，而我似乎一直生活在假设中……只有在现实的鞭子狠狠地抽打在脸上、全身时，才感到锥心的疼痛！只是个一屋一厨的小房子，而且大部分由亲友帮助解决材料，令人觉得戏剧性的是，只差哪怕一点点的小问题，我在伊春也竟手足无措，一筹莫展，真真让我体会到了一个艺术家比一个平民还尴尬的境地，竟然一点不客气地落在了我的头上……加之漓江出版社来信，我的个人书法专集由于出版业的萧条，无钱付印，需自己解决包销或出3万元。您想，我现时连生存都陷于困境，还谈何上万元之举呀！

如您所说："我辈区区小民还能奢望什么呢？不出事就不错了……"

我觉得，我现在与贝多芬一样的痛苦，他是需要耳朵，需要极敏锐的耳朵来完成他伟大的音乐，向整个人类发出圣歌！可是，他却聋了，早早地聋了……我觉得，不，已多年感到我需要强健的肾脏与体力，才能担负艺术使命所要完成的繁重劳动……

可现在，愈来愈感到不支，力不从心。看来命运捉弄人，戏弄我们的方式就是：你愈需要的东西，越不给你！现在，我只有一个信念："扼住命运的咽喉，只要生存下去，决不投降，谁也战胜不了我内心越燃烧越旺的艺术灵感之火！"

农民是决不会因为他的果实受到风暴的袭击而停止春天的播种的，也不会因为贫困而放弃锄头的。艺术家就是农民，一年重复一年的劳作，他深深地感激生命，感激太阳，感激土地，而我还要加上一份深深地感激厄运，感激疾病，让我极复杂而丰富地感应生命的重重痛苦与快乐，不就是上帝的意志吗……

在你没有写出认为我灵魂中潜藏的宗教情感之前，我自己也不清晰，可你说了出来，我又翻看了以前记的一些东西，才知道，我这种情感已有很长时间，并很深的了。近期，得到一本《新旧约全书》欣喜若狂，等过一段时间有空暇，一

定好好地读，体味……

我想，我所理解的宗教，就是一个“认命”，但不是消极地认识，因为上帝安排的宇宙、地球生命种类一切都无法逾越，只能是在有限范围内得到极限的发展，我便是觉得我的肉体上帝赐给的就是衰弱与疾病，然而，又让我有一定的意志，这就构成了一个冲突，认识到能对“认命”之上又敢于冲突，这便是对上帝、对生命的感激。

许多宗教之人只有认命，不敢造成冲突，许多不认命之人只作冲突，不能在客观的悲剧面前心平气和……我想，我的这种宗教思想算是对生命的积极的态度吧……

关于宗教种种，以后我们接着谈，因为近来我没有空暇作较系统的思考，况且我个人天性就不擅理性，许多东西都是凭直觉而产生，因此，我在这一点上也“认命”！很希望我们能早些见面，好好聊聊，更希望你能与阿秋来伊春，在我的“小别墅”客居几日，将是我等生命中的快乐之至的慰藉呀！

就这样吧，再希望你来信多谈！

晚上见到您寄来的书（一包），真令我激动，这么多伟大的思想者神一样的思想……如今却被尔愚蠢而野蛮的抛在一边，在众多的人眼中如同废纸。

我的那一点虽然是天才的对宗教的看法，可与大师们相比，简直是一个微弱的音符呀……

忠平远握

1990.2.24

# 致大同、关翘君

大同、关翘君：

很抱歉，由于我思考不慎与过于使内心崇仰优美艺术的热情不能抑止，使二位老师感到了为难，或者说勾起了你们内心深处的酸楚。——那起始于梦幻、理想、祈盼、流过多少血汗的朝朝暮暮……美好的理想往往是脆弱的，她犹如森林密处的长颈鹿，在那黑洞的猎枪对准她时，在那凶狠的同类的追逐中，在一片片山林即将被砍伐殆尽的时候，她如何不感到惶恐？如何不发出痛苦的哀鸣？

我——犹如一只荒原狼，在广漠的原野上，在人迹罕见的森林密处，也时时为逃命而日夜奔跑，为觅食而屈辱魂灵，为躲避猎人的枪口日日夜夜惊恐不安……

然而，命运的阴影越是浓厚地笼罩在头顶，那从云隙闪身来的阳光才愈加使人珍惜，在那暂时片刻的宁静之时，在那于生活于淡泊之中从而远离世俗的繁扰而获得的清闲中，那沉睡于心灵深处的梦幻，那梦幻中的飞翔的蓝鸟，便会伸展双翅，翘起双足沉醉于优雅的舞姿之中……

对于舞蹈，我是纯粹的外行，只是由于这种艺术是美的，是足以使我神醉心迷的，才令我倾慕，我想舞蹈之所以在原始人那里能够产生并受到极大的普及，并能震撼人心（也就是说，与原始人的生活方式融会在一起），是因为原始人信神、信鬼、信天与地的神秘的造化，他们从大自然的日月雷电中领悟了节奏，他们从自然的厚赐中用色彩与饰物装饰纹身，他们从跳跃的韵律中伴以歌唱。他们以天为幕，以地为台，以太阳为明灯，以月光为掩遮。他们膜拜神，他们感动神，他们抗争神……

原始人的舞蹈惊天地，泣鬼神！

作为部落群体的生活方式逐渐解体，现代社会的人们每日要迎接来自多方面的繁琐事务，生存的空间越来越狭窄，生存的环境离我们越来越远，生存的内容越来越不需要付诸形体的努力……

舞蹈，伴随着社会的发展，只能成为少数人的事情。

——成为专业有职业上的方式而保留。

从这一点上看，正如艺术史家格罗塞所说：“现代的舞蹈不过是一种退步了的

审美和社会的遗物罢了。”还是有一点道理的。

但是，我还是不完全同意他的这个见解，我觉得文明的进步给人类带来了数不清的罪恶，所谓文明，就是极端的发展少数的智慧与野心，从而使大多数人仍然处于精神上的愚昧与麻木。整个世界的科学与文明的发展，给人类带来的苦果，人类还将慢慢地吞食，以致最后毁灭于此！

但是，文明的发展确实有它光辉闪耀之处，那就是高雅的正确的教育使人类爱美之心、求善之心、求真之心得以淋漓尽致地展现在人类优秀的伟大的人物的生活中，在一个为高雅文明而追求的社会中，我们由衷地为现代文明而产生的建筑、音乐、绘画、舞蹈而赞叹、而倾慕……

这种现代文明、现代思想者、艺术家所创造的向神交纳的贡品，是不同于原始人的艺术作品的，虽然失去了原始的浑朴、博大、力度！但是，在精神的境界中，在心灵的丰富上，在物质材料的运用上，都呈现了极其高雅而迷人的魅力——艺术不会死亡，她必将伴随着人类向罪恶的深渊一起发展——创造她的人冲破地狱之门，向天堂上升……

请大同、关翘君原谅我又滔滔不绝了，如我爱人对我的批评：“本来属于极随便之事，让我这一来，弄的太正规又太拘束了。”我也觉得我这个人办事太迂腐，又缺乏极好的和谐轻松的待人才能。再次讲句实在话：我确实不想观看有主题有情节的表演，只是从您们的着装、一个基本动作、一个正常练功的局部过程，便可呈现出本质与优美，而且这极朴实、简单的动作，会使我能领悟到艺术的最高境界——朴实的心灵。大同君能在这样的年岁，说出向我学点什么的谦虚话，能在读我地信简后这样真诚地复信，这足以使我感到艺术的真谛在哪里了……

大同、关翘君，你们万不可看轻自我，万不可放弃那已登上一半山峰的路途。不悲也不喜，愉快地感激生命，感激生命所带来的一切不幸……

再次请求原谅我的打扰，并且继续使用这种方式，但愿这种方式不会使我们隔开、变得冷漠，而是让我们能够思索与培植内心里隐秘的艺术之神灵的生长……

好了，我想许多话还是见面再唠叨吧，不当之处，请不吝指正。

你们的艺术朋友徐忠平

1991年2月13日中午，*匆匆*

# 致泰兄

泰兄：

今早6时醒来读《歌德谈话录》，也许是这伟大的人物又一次为我的体内注入元气，觉得整个周身血液流动通畅，并充满热力，头脑也随之更加清醒活跃起来。不知怎么，每当这种时候（两三年中经过一次），就想提笔写信给您，以倾诉我的全部对命运、人生、治学、做人的衷肠……

十年前，我曾不止一次地对人说过，我已经创造了一个奇迹，因为就我的人生厄运来说，与我同样疾病的人就我所知，已经全部死掉了，现在我什么也不做，每天轻松的生活，学习，教学，就可以足使亲人满意，孩子不会在少年像我们这样，失去最亲切而又最重要（同时也能尽孝心）的父亲了……但是，我还是没有选择过轻松自在的生活方式，还是尽着自己的力，在艺术方面努力着，这样，十年之后，把几个方面的作品照片整整摆在面前，可以说，我又创造了第二个小小的奇迹，我在绘画、书法（现代水墨、摄影、诗歌）等几个方面不知不觉已经达到了一定的标准，让在京城博览世界的人物看了也发出赞叹！可我此时的心态还是充满悲哀与失落感，或者说充满了遗憾，我心中明知再如此努力十年、二十年，我会创造第三个奇迹的，可那时我必定已经是70岁的老人了。

低谷，可怕而又充满厄运的低谷，我们就是这样的起点！可以说，从小时候首先经历的贫困与缺少家教（指文化教养），在朦胧不醒时就一头栽倒在病床上，待生命保住后，就在心里形成了一个永远原谅自己的念头，本应该在18岁建立雄心壮志，本应该在这个年龄能够自我教育、自我控制、自我锻造，却在我练习双杠想强健体魄时忍不住腰痛就此罢弃……这悲哀失去自信的种子深埋心里，像青蛇一点点把我吞噬！天意怜幽草，还能活下去，我带着病态与变态的精神与情感一下子又度过了将近三十年。

随着这十几年经济条件的好转，读书的范围与接触的环境随之扩大，埋在心底很深的“艺术理想”不断复活，可由于从小时候缺乏应有的意志、习惯训练，缺乏伟大人物的耳提面命，这理想好像是建立在沙子上一般，怎么也难于在上面

建一栋宏丽的大厦。

广厦千万间，汽车万万辆，我却身居一隅，两袖清风。这是一个缺少背景的命运者的现实。才华、智慧、财富都往往是一个家族积上百年、几百年才能获得的东西，恐怕是我们祖上毕竟是出身高贵一些吧！这些遗传的气质在我们两人的心性上都有明显的流露，现在我们的生活状态与小市民拉开了距离，就常常更使我憎恶市民般的粗俗。可以说我几十年想做出高贵的努力，不去巴结，不去社交，不去参展，同时这样做也让我吃了大苦头，现在在国家级刊物中不见我的影子，许多重大而充满生气的活动都被排除在外。我选择了像梵·高一样地走艺术道路的方式，可我又过于散漫，过于情绪化，过于在生活上放纵自己，可以说，几十年来一方面钻研创作着艺术，一方面又处处原谅自己，放纵自己，慢慢不知不觉已经卑琐小气得很了。

昨天与玲子谈话，说到做大艺术家要具备三点：一是要有伟大的人格，二是要有广博的修养，三是要有超人的才华。这伟大人格的气息完全是这两天读歌德、梵·高、傅雷得到的。让我们常常看一看米开朗基罗吧，这巨人般的劳动与创造，让我们永远仰望着他，只要翻开他的传记看一页，也会把我们这些小人物提升一个高度的。因此，歌德说得很对，每年都要翻看一次大人物的书，以便不使自己下降太多。

歌德、罗丹、梵·高、米开朗基罗、傅雷这几本书就要放在枕旁，每天作为日记读几段，我相信就会慢慢升高，就会改变自己。

半夜醒来，脑际闪过 20 年前我们兄弟俩在一天秋天的雨夜，把 11 包秋白菜趟着泥水路一包包背回家中的情景，在那个年龄，本应受到良好的教育与从事着艺术文化的种种准备过程，却是在贫困的生活、荒凉的文化中度过的，到今天，已近 50 岁，头发白了，牙齿掉了，眼睛花了，事业还遥遥未竟！其实这是生命的合理性！是合理的因果关系。生命的奥妙在于扩大自己的心境，与整个世界的欢乐悲哀联系在一起。其实，我们每个人身体内都藏有与世界、天地、宇宙一样的活力，再生的活力，如果能早日醒悟，早日把握，振奋起来，就会慢慢创造奇迹！我们要自信再活泼泼地活上 50 年，与下一个世纪的新的太阳一起发出光辉！

昨夜与玲子闲谈，她无意中一句话深深地刺伤了我，随之陷入了不可自拔的可怕的孤独感中……

黎明时醒来就再也睡不着了，天亮披衣而起，读《歌德谈话录》。歌德谈及到一个人长期生活在孤陋寡闻中意味着什么，一个北方人要获得一些生活的智慧，需要付出多大的生命代价（歌德自语），而歌德终于从一个平民上升为贵族，成为万人仰望之人！与之相比，我惭愧、痛苦，心中憋得难受，真是想放声哭一场啊！

穿衣来到画室，静坐静想，想到这常犯的忧郁症，孤独死亡强烈的症状，真是有些自控不住，想到根子上去——就是遗传带给我们的可怕弱点——脆弱！“脆弱”这些年来一直跟随着我，打击摧毁着我，想古人、现代人，在生活面前成为强者的，都是一些出身并不显贵的家族，他们有平民的韧性与抗污俗的能力，有天生宽阔的胸襟，而我们是否是上几代人就生活在条件太好的环境中，养成了身体与情感都娇贵、娇弱的可怕习性！！！想到这里觉得很难从中振作起来，感到自己就要被命运摧毁了——其实，高贵出身的家族第一代人都是坚韧的强者，精神与情感肉体虽然表面上清雅，有教养，但却极其脆弱，甚至虚伪、造作、教条僵化……

我深感如不能自己强壮起来，面对现实不逃避，做个勇敢的人，我必然很快陷入绝望懊悔与事事不称心的责难中（这些年身体不好，这其中的隐秘就在这里），像禅家的顿悟一样，我想到一句话，我又一次解脱出来，并恢复了心态与身体的舒适——“与女人争小面子有何用，已经在社会上丢了大面子，为何不争”！！！这样，意识就全部转移了。

1998 年 8 月 1 日于伊春宅中

# 致建桥

建桥：

现在是 1993 年 11 月 19 日清晨 7 时整，我在两个小时前即已醒来，思绪随着静谧的北京之夜蔓延开去……

当天边渐渐亮起来时，我看到窗外下起了茫茫的大雪，眼前的屋檐与建筑的顶部，变成了柔软的半圆形，整个天空灰灰沉沉的。啊，这北京的第一场冬雪，使我立刻像是回到了故乡，回到了伊春，想起在那漫长而孤独的冬季，每当夜幕降临时，我一个人在北河的覆着厚厚的白雪的堤坝里向着遥远而有些令人恐怖的山里漫步的情景，现在想起来，虽然有些悲凉，却又似有巨大的温情在牵动着渴望回到那苍茫幽远的孤独中去……

故乡，我不会放弃她，这个真正使我从心底产生了“恋情”的北山北河，南山南风。更令人留恋的是有多少个夜晚，我们几人在一起，身心浸泡在雪莱、但丁、瓦雷里的诗句中，那个时期，奠定了我一生中最坚实的西方文化的基础，奠定了我思想与情感最深处的善美真，由此而升华，变得尖锐又敏感的眼睛，在近两年中，把看到的许许多多在京的“艺术家”的作品冷峻地审视，并能够给予鞭辟入里的剖析与批判。

我近日发出切腹的感叹：北京，我至少是晚来了五年，北京像是一只特殊的艺术仪器，它可以把我们在边远闭塞的艺术追求不自觉中变得萎缩的胃扩张，变得大而宽，消化力强而精。在许多糟乱的作品展览中，我们不时会发现闪耀着熠熠光彩的宝石，在沉闷而枯燥的生活中，杰出的大家竟在身边出现……在无数冷漠的女人眼神中，有时竟会收到一束玫瑰花……古老而又崭新的北京，毕竟是汇集了全国乃至世界的精华人杰之地。

对了，差点忘记告诉你，前几天，我看了一场世界第一流的澳大利亚的芭蕾舞演出。我坐在第九排，当幕拉开时，映现在我眼前的是天庭、天庭里的仙女、王子，音乐突然奏起，所有的幻象都变为旋律，变为节奏，变为令人心醉的美之舞：古典的、现代的、幽默的，给你足够的时间、空间，让你填塞、补偿你几十年的空白。当最后帷幕落下，你不会怀有一丝遗憾、一丝失落。而最让人感动至深的，是那在

剧场休息厅中悬挂在壁上介绍演员的卸下化妆的大照片，那动作的背后，是由更为优雅的心灵所支撑，更为优雅的修养而铺垫，更为丰富而细腻的情感所引导……

而舞剧中有一段《回归陌土》的现代舞，给人更为强烈的震撼。此舞把美、悦目与更为丰富而复杂的现代人的精神融在一起，令人回味深思，并将长久地印在心中。由此，可以知道，艺术必须越过古典、传统向前发展，无论在形式上，还是主题内容上，都必须表现现代人的精神与情感，而相比之下，纯古典的表演，就只呈现优美、典雅、崇高等等，就显得缺乏精神的内涵与力度了，而要把两者很好地融在一起，却是很艰难的追求，但时代在发展，艺术必须同时发展变化。

现在虽然练习的是书法，内心却渴望起绘画来，有临近大海，却不能下水，久久地在岸上被太阳烧灼的痛苦之状。没办法，只好先读一些书：尼采论述瓦格那、论述艺术家的专文，令我激动不已，尼采、瓦格那，要永远站在我的背后，作为我精神上的导师……又读萨特哲学方面的文章，对于比较纯理论的论述，有些不感兴趣，或者觉得这是另外与艺术关系不大的严谨的学问，也没有必要读懂、弄通。但是，还是由此明显地感觉到作为绘画的背后，必须要具有这种涵养，才不会在绘画中表现简单的“美”。

因此，我要寻找到既不同于古典，又不同于现代的一种语言——一种永恒的表现人类历尽艰辛而永远向往天堂的渴望，一种历久弥新的、耐人品味的语言。

(写信中断，坐火车返回秦皇岛)

今天是 22 日上午 10 时，我坐在秦皇岛的新家中给你继续写信，这个新家很舒适、安静。楼房坐落在秦皇岛市新建的一处最大的小区内，离海边不远，很方便就可以到市场买到各种海鲜，真盼望您能早些来这里作客……

前天坐在火车里，突然脑中又明晰地涌出了许多升华起来的思想——关于心灵感受，对各种各样事物的反映，以往容易陷入情感、体会等方式的并不是纯粹的艺术感应，一下子全部消失了，眼前只有色彩，由心灵长期的训练、引导，而生出的具有诗意的色彩，由无数先哲、圣人遗教给我们的关于至上与深刻的美，眼光落在各种人的脸上、身上与他们所在的环境里，不再是对他人的言行、美丑有所动心，而只是用眼睛寻找和谐，寻找处理这和谐的能力。尽管我的身旁大都是平淡、枯燥的人（那芭蕾舞中优美的形体只在回忆中像闪过一道猝不及防的在夜空中划过的宝石流星），我们且只好把这些随风飘动、挂在枝条上的纸片，当做

一只舞动着双翅的白鸽好了……我将对世人多端变化的情感、要求不感兴趣，对旅途中偶然会有美丽的女子能够坐在对面的愿望发出冷漠的自嘲，我将对政治的动态麻木，对贫穷不再做心理上的感叹与同情，这种不同情别人的态度，也就是不要世人来同情我，不希求获得肤浅的世间温情，不苛求肤浅的生活富足……

我们只有一个目的——当眼前的景色是单调、萧瑟时，我们的心却不要悲伤、不要孤寂，我们能够从中发现人类在忍受了孤寂、悲凉之后的宁静、深沉——艺术家是为别人而活，为了更高的神明而工作；应该是人类至高情感与善的使者，是超越了爱与恨变为伟大的人。还是尼采说的好："在对真理的认识上，艺术家的道德较思想家薄弱，他要对生命进行更光辉的深意的诠释！"

写了以上的种种感想，又思念起老朋友来：

现在我特别的想念张宝君，想他喝多酒扯着嗓子唱《嫂子颂》的样子，想他的那短小却"伟大"的诗篇。

很想杨峻平的优雅的提琴曲与张殿双拉的二泉映月。

很想马文双与他的憨憨的笑。

很想芦笛家中的小泥房、倭瓜架与菜园。

甚至想贵修与老赵，想我们都不该那样不珍惜友谊，各自怀有难以克服的弱点。以至，过早地失去了一个应该愈来愈有力度、深度的艺术群体，过早地显露出小家子气的劣性，失去了向宽广、深刻研究的情感基础，常常自命不凡，偏执，神经质……

在京我见到一个23人的群体，其力度、其技术、其散开与凝聚的方式，都令我羡慕，都令我悔恨我们伊春的小天地里的几个"自大狂"。

似乎一切已经晚矣，但不要绝望，我们毕竟有着良好的基础，只要我们虚怀若谷，能放下虚荣心，能真正知道天外有天，我们还是会大有作为的，我今天感觉突然一下子变得一无所有，既没有才能，也没有财富，也没有了以前脑袋里的杂乱的各种欲念及各种轻浮的行为……我相信我们再经过十年、二十年的重新聚合、努力，一定会有令世人瞩目的成就的。

好，先写到这，紧紧握您与所有朋友的手！

忠平

1993年11月26日夜于北京中央美院书法班

# 附：我与忠平

玲子

我与玲子

我与忠平生活在一起整整十年了。当我的记忆将我拉回到十年前，我的脑海就像透过一条生活的大河看到了河底一样，其中的各种影像在晃动，周围浮动着色彩斑斓的虹影，渐渐地，影像只变成了两个人，我清晰地见到了使我心灵焕然一新的他，使我一见钟情的男人，我周身的每个细胞，从瞳孔到手指尖，都留下了他的睿智与潇洒，一副极有个性的样子，个子不高，却有不凡的气质与风度，他唱着《三套车》，高亢而深情，他目不转睛地凝视着我，在他那骄傲的面容下，我的心因赞叹与爱慕而收紧……

一首优雅的提琴曲，把我的思绪拉到了忠平的朋友们中间。十年前，我来到了忠平身边，也就是迈进了神圣的艺术殿堂。他的一个个好友，都是才华横溢的诗人、作家、演奏家，他们经常聚会在某处，或是在5月初春的山林，或是在仲夏之夜的河堤岸边，或是在碧波万倾的落日洒下金光的黑龙江上。忠平几乎是每次聚会活动的发起与组织者。平日里，更多的时候，是他们几个共同进山林里作画，他们与故乡的山林融合在一起，而在那莽莽的群山与广阔的原野中，包括我与他们都被深深地震撼、深深地感染、深深地迷恋，而这壮丽的大自然也像喷射出了浓浓的火焰，赋予了我们对此激荡不已的热情。

忠平就是在这样近乎蛮荒的自然环境与有着文化水准很高的朋友们相互砥砺

下走出来的一个画家。他为人耿直、率真，脾气倔犟、不容人，甚至变化无常、乖戾，常常是一会多愁，一会善感，一会强大，一会卑怯，如果生活太平静了，他就要制造出点什么沮丧的情绪，好独自品尝他的自封与自虐。

这些年来，我最最忍受不了的是忠平的坏脾气，实质上他是一个乐观的悲观主义者，他是一个唯美主义的理想主义者，所以，在现实与理想的巨大落差中，他有很多不满甚至哀怨，用他自己的话说，是既崇高又卑下，既要强又软弱，既勤奋又懒惰，是一个充满矛盾的难于解说、缠绕自己的永远也长不大的孩子。

忠平的另一面，也是最令我着迷之处，是他对艺术的见解，对各种艺术的评判与剖析，每当触发了他这根神经，他就会滔滔不绝，思维敏捷，佳辞妙想迭出，令人惊愕、惊叹！所以，他这个人的一生是用欲望、激情、恐惧和想象去生活、去创作的，且用心去创作，这也正是他可爱之处，用心去创作可不是一件肤浅的工作。艺术家要随时准备好潜入到人类意识的深处，潜入到人类行为和思想的深处，渗透到他自己的潜意识世界里去，还要渗透到同类人的潜意识里去，反映人类灵魂深处的作品，这种创作是要以精神上的痛苦为代价的。这种思想意识也是忠平多年来思考的问题，也是改变了我思想灵魂的话。他把艺术看作是最崇高的精神支柱之一，从他的艺术思想里我看到了希望。

经历了这许多年来的积累与磨炼，忠平笔下所描绘的一切，都有着一些不平常的东西，这些东西不受他所描绘的对象的约束，而是寓于他自身之中，他倾心致力于描绘的树木、天空、花卉与田野，纷纷从他那惊人的激情中喷涌而出。这些形式千变万化、野生野长、扭扭歪歪，在他的笔下既杂乱又闪烁，甚至像禽鸟竖起了羽毛，张开了翅膀，我从中却看到了作为一个画家可赞叹的不断释放心灵激情的可贵的品性。他这个人呀，爱艺术超过了自己的生命，他现在已经从庞杂的艺术耕耘中渐渐收拢起来，他的心境愈来愈平静而明澈了，他的坏脾气已不知不觉地消失了。

我相信，忠平的艺术与他这个人，会像大海中的冰山一样渐渐地浮出艺术之海的上空。

# 徐忠平艺术简历

徐忠平，又名子徐，号简公。1952 年生于中国黑龙江。

1976 年毕业于哈尔滨师范大学美术系。

1985、1993 年分别深造于西安美术学院、中央美术学院。

现为中国民族书画研究院艺委会付主任。

中国国画家协会常务理事。

江苏书法研究院特聘书法家。

北京大学资源美术学院特聘教授。

北京上苑艺术馆原生艺术中心导师。

北京上苑艺术馆学术委员会常务委员。

**个展：**

1987 年　黑龙江省展览馆举办本省首次个人大型书法展。

1988、1990 年　两次应邀赴日本北海道举办个人书画展。

2005 年　法国里尔市“新地带”画廊举办个人书画展。

2006 年　德国爱纱伦堡“久久画廊”举办个人书画展。

**联展：**

2000 年　赴法国巴黎参加现代艺术展。

2002 年　参加炎黄艺术馆“庄园水墨”展。

2006 年　参加宋庄上上美术馆“云水天光”水墨邀请展。

2005、2006 年　参加上苑村画家开放展、赴澳门展。

2006 年　参加北京、黑龙江书法艺术联展。

2007 年　参加翰海春季拍卖会。

2007 年　参加中国宋庄水墨同盟邀请展。

2007 年　参加中国宋庄“墨韵”名家邀请展。

2007 年　参加郑州“色戒”水墨邀请展。

2008 年　参加中国宋庄上上美术馆水与墨邀请展。

2008 年　参加瑞典中国当代水墨邀请展。

2008 年　参加上上国际美术馆首届年展。

2008 年　参加宋庄美术馆忆江南水墨联展。

**出版及刊载：**

1995 年　由中国文学出版社出版《徐忠平书法集》（上、下）。

2004 年　由河北教育出版社出版专著《天籁的绘画》。

2005 年　由河北教育出版社出版画集《生活与梦想》（上、下）、文字集《漫长的冬季之苦与挽歌》。

2006 年　由中国国家画院主编《中国画名家年鉴》、《中国书法家年鉴》出版专集二卷。

《水墨研究》、《中国书道》、《艺术界》、《中国书画》、《中国书画博览》等艺术类专业杂志均作专版介绍。

2010 年　天津人民美术出版社出版《走进画家徐忠平》专辑。

2010 年　人民美术出版社出版《徐忠平作品集》。

**电视媒体报道：**

中央电视台（4）《美术星空》

中央电视台（9）《书坛画苑》

中央电视台（7）《当代国画家》

中华书画杂志社发行光盘《中国当代名画家 – 徐忠平专访》

# 后记

人生是一次穿越漫长黑夜的远征。

——罗素

多好的酬劳呵，经过了一番沉思，终得以放眼远眺这神明的宁静。

——瓦雷里·海滨墓园

记得尼采说过这样的一段话：一个人选择什么样的生活环境非常重要，包括饮水、居住、阳光是否适合你。我亲眼见到一个大学的教授，选择了一个不适宜他的城市，慢慢变得心胸狭隘、性情浮躁，一生一事无成……对尼采这段话，我是体验甚深的，我几十年生活在黑龙江的山林中，广阔茂密的森林，清新自然的河流，如梦如幻的白雪，使我的性情豪爽、质朴又浪漫，大自然一年四季的大冷大热，大开大合，又使我的情感易于变幻，任情任性；而缺乏传统哲学文化的熏陶，又使我的心胸狭隘，难于超越自我家族、地域……所以，有史以来，北方很少出圣贤，很少出各种类型的大器人物……

回身去检视几十年的生活历程，真像但丁被维吉尔牵着手站在悬崖上，看着深渊里那无数挣扎、滚动的恶魂，过去的我，就在其中！好险呀！经过了漫长岁月的挣扎、反省、沉沦、振作，不厌其烦地反反复复对自己从灵魂到肉体的鞭笞，受尽了孤独与寂寞的种种之苦，像一只在深海中遇难的船，终于自己把自己打捞上来，终于蜕变成一个新的超越种种迷障的我。

许多朋友与师长对我的现状的失望与遗憾，我是深深感激并理解的，但就我这个人的全部生命历程所经受的坎坷来说，我自己又是深深欣然满足又带着感恩之心来看待眼下我的一切的。

常常在夜深人静时，漫想开来，自觉人生已经过半，自己所钟爱至深的艺术还一无所成，可由一个有着多年疾患缠身又无数次战胜死亡，向死而生，一个渐渐强健的新我在慢慢呈现的我，并且，不止是战胜肉体的疾患，同时也战胜了乖戾、

脆弱、狭隘与小我，渐渐变为平和、宽阔的现在的我，这内心的欣喜，远远超过了艺术与声名的欣喜……几十年不厌其烦的自我虐待、自我折磨、自我挣扎，是不是在其中体尝到了巨大的欢乐？还是从中得到了不断攀登、不断跌落、又起身攀登的别人难以体验到的幸福之情？摘一句写于 1991 年 3 月 29 日晚日记中的话吧："我身体的疾病远远不及我精神深处的疾病。"是啊，经过了这长久的艰苦战斗，我终于治愈了精神的疾病与肉体的疾病，这双重战胜厄运的结果，使我现在心轻如燕，无挂无碍，这巨大的欢乐，只有经历了它的人才能品尝得到。在这里，我要向死去的过去的我的精神与病体致以深深的哀挽，并怀着对神灵、万物、良友亲朋深深的谢意，我将怀着欣喜与感恩之心，重新漫步徜徉在山林、河流、大地……

徐忠平

2004 年 11 月 20 日草于京北上苑适吾堂

童年印象·通向远方的铁路线